葛红兵　杨亦飞

图书在版编目（CIP）数据

大宋帝国 . 8, 襄阳风雨 / 葛红兵 , 杨亦飞著 . 上海 : 上海大学出版社 , 2024. 11. -- ISBN 978-7-5671-5106-2

Ⅰ . I247.5

中国国家版本馆 CIP 数据核字第 2024Q513B6 号

责任编辑　徐雁华
助理编辑　陈　荣
封面设计　倪天辰
技术编辑　金　鑫　钱宇坤

大宋帝国 8：襄阳风雨

葛红兵　杨亦飞　著

上海大学出版社出版发行

（上海市上大路 99 号　邮政编码 200444）

（https://www.shupress.cn　发行热线 021-66135112）

出版人　余　洋

*

南京展望文化发展有限公司排版

江阴市机关印刷服务有限公司印刷　各地新华书店经销

开本 710mm × 1000mm　1/16　印张 10　字数 112 千字

2025 年 1 月第 1 版　2025 年 1 月第 1 次印刷

ISBN 978-7-5671-5106-2/I · 714　定价　70.00 元

目　录

楔子　前尘往事

临安城里雷声轰隆，房屋顶上，乌云卷作一团，旋涡一样层层叠叠，马上就要占满天空。浸在这昏沉的天色里，天地几乎一色。

一个孩子坐在院子里的一口井边，垂头愣神，偶尔抬头看看这庭院和天空，风貌虽和平日在淮东所见没有太大不同，却又十分陌生。这不足以牵动这个十岁孩童心中的波澜，比起这几日在这庭院内发生的种种事情，无论天昏地暗还是五光十色，都根本不算什么。只是那雷声太过恼人，它夹杂在女眷阵阵恸哭与号啕的声响里，让孩子头皮发麻。震雷每响一声，孩子胸口的气息便更短一寸，鼻头与眉间的酸楚便更多一分。久而久之，他便没力气再动弹，只得坐在井口，什么也不想，什么也不做，低头闭眼。

“少主！”

快要睡着之际，孩子听到好像有人在叫自己，上上下下这样叫他的人并不多。走出家门，他的名字便成了“小衙内”或者“小郎君”，还有人直接唤他“似道”。无论在天台老家还是在淮东，他都有这样几个小伙伴。

他努力抬起头，循声望去，眼前却像雾罩着一般，看不清远处之物。好不容易快要辨清楚是谁在叫他，那人又唤了一声："少主!"那人的声音略显苍老，慈祥又不失威严，"少主怎么坐在这井口？多危险啊。"

孩子认出这是管家唐柳。他满头银发，但仍然拢成整整齐齐的发髻，双目如炬，显得庄重沉稳。他比孩子父亲还要年长，在孩子祖父那一代时便是家里的仆人。孩子父亲幼时，他便已经是府中总管，祖父不能亲顾之处，皆由唐柳来办理。到了孩子父亲为官、祖父去世时，他更是家里至关重要之人，上下家仆全都要靠他来照料。父亲到了淮东，自然也把他带在身边。

孩子仍没有反应，坐在那里一动不动，只是定睛望着面前的老者。唐柳叹了一口气，走到那口井边，靠着孩子而坐。正是梅雨季节，水井里水位暴涨，几乎就要涌出井口。唐柳伸出一只胳膊挡在孩子身后。

"少主，你可知道淮东府上那两口井，为何东院一口满是清水，另一口则干涸无用?"

孩子记着这件事情，一直颇觉奇怪，却没有向旁人提及，所以不知道其中的缘故。他摇了摇头，脑袋愈加昏沉，想要听清楚唐柳所说的话，似乎要用尽全身力气。

唐柳扫了一眼不远处的屋子，缓缓开口："家主二十岁时，为了替父洗冤，东奔西走十余载，才终于平反。此举感动朝堂，家主从那时始任各方县令，又是十余载过去了，家主疲敝，家眷跟着他几次迁居，也是苦不堪言。到了淮东后，家主终于决定在此安居乐业。”

唐柳说着停了下来。他说话本来就持重缓慢，停下来也不突兀。只是那些哭声又开始入耳，孩子更觉心乱如麻，只看着唐柳，似催他再说下去。

唐柳抚了抚孩子的头，眼睛微闭，露出追忆的神色道：“家主在淮东也不得安生。女真人攻来，家主为了边务，日夜奔走前线，好几年里，几乎从未在家住过。那口枯井，在主院前，是为家主和夫人单独准备的。家主不在，夫人又喜和女仆在一道，那口井疏于打理，渐渐地也就不用了。”

说到这里唐柳睁开眼，站起身来，声音又高亢了一些，继续道：“家主问我，国与家，孰重孰轻？我告诉家主，古来贤者，无一不是选择了国，而轻忽了家。孰重孰轻，我说不上来，但视家重者，于合家欢乐，得一方景仰。视国重者，于苍生造化，得天下人景仰。以家主大才，理应以国为重。少主可也明白了？”

说罢他才转过身来，看着孩子。孩子似懂非懂地点了点头。从记事起，父亲就没有陪他超过三天的。唐柳告诉他，少主对家主来说是最重要的，但家主却有不得不做之事，难以顾全。上次家主出门时，告诉少主不久就接他去临安，没想到家主这一去就再也不能回淮东了。

想到这里，孩子又要涌出泪来。唐柳赶紧抓住他的手，说：“少主莫伤心，是我太着急了。哎，我唐某虽才陋，恨不能为大宋出力，但胜在一双眼睛识人。依我看，以少主智慧，日后定也是位高权重之人。”

孩子点点头，但心里的阴郁却没有半分消减。唐柳抓着他的手，他却低头不语。那雷声又开始大作，半晌过去，唐柳又开口道："少主，如果歇息够了，就随我再进去吧。家主有不少话想跟你讲呢。"

孩子站起身来，牵着唐柳的手随他回到屋内去。每走两步，那凄厉的哭声就更加刺耳，惹得孩子心焦。他不愿再往前走，用尽力气往后拽。唐柳只是低叹了一声，拉着孩子继续往前走。

屋内从外到里跪满了几十个人，哭声就是从这里传出来的。最里面的床上躺着一人，正在不住地咳嗽。

床边伏着一人，就是孩子母亲。她回头看了一眼门口的动静，眼睛又红了三分。她转向床上那人道："老爷，唐管家把似道寻回来了。"说罢便起身走到孩子面前，抚了抚他的脸颊，拉着他到床前。

床上那人静了半晌，终于提了一口气，睁开两眼，徐徐开口道："孩儿，可是害怕?"

孩子看着床上的父亲，全不似平日模样。数月前自己不能围抱的腰，现在已经枯瘦如竹。

"孩儿莫怕。我不在后，家里一切都有你柳伯照看，再过几年，就要轮到你来打理家业。你要向柳伯多学习才是。"

孩子一句话噎在喉间，却发不出声来，脸涨得通红。他向后面看去，唐柳站在门边，稍微一弓腰，笑了一笑，又笔直地立在那里，一动不动。

孩子父亲顿了顿，咳嗽两声，又道："我贾涉自二十岁时就四处奔走，虽未有怨言，但个中苦楚只有我自己知道。孩子，我去后，只怕苦了你。”孩子摇摇头，颤颤巍巍地说道：“爹爹，我不怕苦。”

贾涉微微颔首，道：“那便好，那便好。”

说罢，他又开始咳嗽起来，并且越咳越厉害。孩子母亲赶紧用手掌去轻拍他的前胸，唐柳端着一碗水走上前来。贾涉抬起手，将孩子揽得更紧，沉沉地说道：“我恐怕看不到你长大了，现在我帮你取好字了。”

说罢他把一张着墨写好字的纸从身边取出，交到唐柳手上。唐柳恭恭敬敬接过来，展开低声念道：“师宪……”

贾涉点点头，道：“待似道二十岁后，便是师宪。孩儿，你记住了吗?”

“爹爹，我记住了。”孩子稍稍定神，向父亲回话。再看看父亲，双眼又闭了起来，眼角满是溢出的泪水，贾涉低叹道：“只可惜，我不能亲眼看见我大宋收复山河。若再给我十年，再给十年……”

此时，远处轰鸣阵阵，紧接着一声响雷，众人皆惊，几个女眷低声叫了出来。等回过神来，贾涉已经断气，霎时间屋里哭声一片。

贾涉最后的话，只有被他揽在臂弯里的孩子听见：

“孩子，你可要记住，不论任何手段，也要守住大宋江山。”

一、漠北新雄

1. 忽必烈

夏日炎炎，这漠北茫茫无边的沙丘上，几乎要腾起云烟。

忽必烈孤身站在崖边，极目远眺这风景。这是他这些年来休息的地方，从秋到夏，都已看过一遍。

蒙古人歌颂大漠，赞其雄浑壮丽，如同蒙古人的心胸一般，宽广无垠。忽必烈却不这么想，这景色越大越深，就越孤寂清苦，如同无边的天上只有一弯明月。

相比之下，忽必烈更喜欢他读到过的那些汉人的诗句："大漠孤烟直，长河落日圆""大漠沙如雪，燕山月似钩"，仿佛汉人的这些诗句更合自己的心意。汉人的文化，比这大漠草原上以武论输赢要有趣得多。

"王爷，刘秉忠求见，在大帐等您。"忽必烈转过身来，令来人退下，自己慢慢走下崖，向军营大帐走去。忽必烈喜欢汉族文化，还结识了一批汉人儒士，作为其幕僚。忽必烈听说这位刘秉忠就在这漠北一处，便召他来军中见面。

忽必烈撩帘入门，见一名着冠儒士站在里面，褐袍宽袖，躬身道："吾刘秉忠，应王爷召见。"

忽必烈踱步过去，扶住刘秉忠，道："先生这么快就来了，真是雷厉风行。"

刘秉忠仍然躬身不起，道："王爷不必客气，想来我比王爷可能还要年轻一些，直接叫我秉忠就是。"

忽必烈朗朗笑了三声，道："在我这里，不论长幼，我尊你为汉学老师，便要叫你一声先生。"

刘秉忠面露难色，似还觉得有些不妥，但也没再坚持，只是直起身来，岔开话道："王爷召我来此，仅为请教汉学？"

"仅为请教汉学？汉学博大精深，能与先生谈上半分，就已不易，怎么能说'仅'？"说完忽必烈又收起笑容，沉吟片刻，缓缓说道，"不过确有其他事情。先生必定也知，吾哥蒙哥，即将在斡难河畔即位可汗。等到忽里台大会过后，我想自请总管漠南军事，这一去南下甚远，接近宋人，以我愚钝，免不了要许多人助我出谋划策。先生之才，想必可助我良多。"说罢自己走向主座并招呼刘秉忠坐下。

刘秉忠道："为王爷献计献策，乃秉忠荣幸。"说罢方才坐下。

忽必烈又问道："先生博闻，所谓'谈笑有鸿儒，往来无白丁'，先生身边的朋友，定也不乏奇人，能否也为我荐举一些？"

刘秉忠苦笑道："王爷说笑了，草原南北各路学者，都知道王爷对汉法颇有研究，无不慕名而来，像秉忠这样受召前来，已是不敬，哪还有什么朋友，敢为王爷引荐。”说罢刘秉忠看了忽必烈一眼，只见他微露不悦神色，马上又道，“只不过……”

忽必烈又来了神采，不等刘秉忠再说，追问道：“只不过什么？”

刘秉忠道：“我有一个学生郭守敬，虽然年幼，但确有经天纬地之才，假以时日，必成大器。”

忽必烈听完啧啧两声，似是忆起何事，急忙问道：“这个名儿，我听张文谦提起过，不知道与先生所说可是同一人？”

刘秉忠微微一笑，点了点头，道：“不错，此子正随仲谦在外历练。不过自我离开邢台，就未曾收到仲谦来信，如今二人在何处，我也不知。”

忽必烈极为快活，连道三声好，说道：“先生和文谦都推荐的人，我想错不了。无妨，等到了燕京，定要见一见他。”说罢两人端起酒杯，连饮数杯，谈论大漠风貌，牧民习俗，大有兴致。

说话间卫兵又自帐外进来，拜在忽必烈面前，道：“王爷，草原来信，让王爷回到斡难河畔，参加忽里台大会。”

忽必烈转向刘秉忠，道：“先生愿同往草原否？”

刘秉忠起身鞠躬，道：“秉忠愿往。”

忽必烈携刘秉忠一行人往东南方走。出了大漠，见草原绵延千里，忽必烈不由得心旷神怡。一路上忽必烈常让刘秉忠陪同饮酒。刘秉忠年轻时入天宁寺修禅，不擅此道，但又不忍拂了忽必烈兴致，只好作陪。心情好时，忽必烈便拉上刘秉忠比赛吟诗，所吟诗篇，大家、名家有之，小家有之，还有不少即兴之作，颇令刘秉忠吃惊。他想着，此主文韬武略，均有所擅，不失帝王之相，只可惜蒙哥做了大汗，却听说是个逞勇莽夫。

2. 暗杀

转眼一月之后，忽必烈一行到达斡难河畔，待了十天，忽里台大会结束，下月初一，便是蒙哥即位之日。一早传来消息，窝阔台的孙子失烈门要派人在即位庆典上暗杀蒙哥。忽必烈命令一支精兵，在即位大典上保护蒙哥，这段时间正日日夜夜加紧操练。

这一日，太阳落山，忽必烈才遣散军士，返回帐篷，却看见刘秉忠在帐帘外等候。忽必烈上前招呼刘秉忠一起进入帐内，道："先生何事？"

刘秉忠察看左右无人，正色道："王爷，我到此处十日，一直在民间游历，却着实听到不少骇人听闻之事。"

忽必烈苦笑道："先生说的可是失烈门行刺一事？昔日他被剥夺继承权，贵由汗死后，又临朝称制几年，虽名不正言不顺，但今日有此怨言，也在预料之中。先生放心，哥哥与我都已做好万全准备。"

刘秉忠道："若只是此事，倒是简单。我听民间传闻，谋反一事，并不是失烈门主谋。王爷可知道，失烈门临朝几年，实际掌控大权者另有其人？"

忽必烈心一沉，想到贵由汗辞世后这三四年间，蒙古内部动乱不堪，再加上天降大灾，水泉干涸，民不聊生，草原大漠都已乱作一团。拖雷家族与窝阔台、察合台家族，互不相让，都想为自己牟利。何况以失烈门草莽心性，即使他在位，也形同虚设，无人听其号令。

即便如此，失烈门仍然召集了一批心腹，伴其左右。各方传言，是其母亲海迷失后垂帘听政，出谋划策，才得以稳固一方。想来失烈门确实没有叛乱的胆子，若非刘秉忠提醒，自己都忘了这点。

刘秉忠见忽必烈一言不发，知其必已明白其中利害，又道："海迷失此人深不可测，听闻会施巫术毒法，此次必定也会用此法阴害大汗。忽察与脑忽恐怕也参与其中，敌人力量不可小觑。"

忽必烈露出质疑神色，失烈门在位几年，虽有良臣在侧，但与两位兄弟忽察与脑忽大为不合。他们二人另建府邸，导致窝阔台一族三主。再说用巫术害人，忽必烈更是见所未见，闻所未闻。刘秉忠见状，解释道："王爷不必不信。巫法一事，在秉忠看来，十之八九也是愚民妄言，但这几日道听途说，在色目人中确有此法代代相传，虚幻真假难以分辨，但事关大汗安危，还是小心一些为好。至于忽察、脑忽等人，这几人内斗归内斗，但眼下大汗之位已经传到了拖雷家族，他们即便要斗，也要先一起将汗位抢回来。更何况，王爷是否记得诸王曾经宣誓，只要是窝阔台合罕后人，他们都要接受其为汗。"

忽必烈脸色难看，不停地来回踱步，半晌才说："不错。只要是窝阔台合罕后人，我们都要接受其为汗。窝阔台合罕、贵由汗即位时，诸王都曾如此宣誓。这么说来，海迷失后并非没有道义旗帜，在我看来，这是要造反，而非行刺。"

刘秉忠道："怎么可以相提并论？"

这之后，忽必烈常与刘秉忠一起视察各处，以求在大典之日能够保得周全。转眼间，便到了次月初一。这天清晨，草原的太阳还未从远方升起，几队卫兵已经围成一个大圈。忽必烈站在角落，扫视着全场。场地远处斡难河畔，摆满了座席，桌子上放满了牛羊肉和驼掌驼峰，另有奶酒、奶茶和酥油，盛于盘碟杯盏之中，好不丰盛。往里，留有伴舞助兴的场地，地上铺了一层花瓣，映在茫茫草地上，颇有意趣。场地正中央留出一块空地，专为诸王进献贡品所用，空地前方就是一方高台，上立一大铜椅，正是为即位大汗准备的。如此场面，忽必烈也不曾见过，不禁啧啧惊叹，倒是身边的刘秉忠不为所动。

片刻工夫，人便陆陆续续多起来，忽必烈此时很是心烦。他想，驰骋沙场，明刀明枪，见人杀来，躲闪便是，这防人行刺，还是第一次。听刘秉忠说，这还不仅仅是防范行刺，如何防范，他心中也不明了。正瞧着，忽听有人叫自己的名字，扭头望去，正是蒙哥。

忽必烈走到哥哥面前，道了声喜，然后退到蒙哥身旁，把心中的忧虑都说了出来。蒙哥却毫不在意，只是大声笑道："好兄弟，今天是我即位之日，你只管道贺便是！有兀良合台在身边，就是来上百只豺狼虎豹，也不用怕。"

兀良合台是蒙哥的怯薛长，黑面长须，力大无穷，此刻就站在不远处。忽必烈欲要再说，蒙哥双眉一挑，止住忽必烈，道："哎！好兄弟，你与我行军打仗，还不知我心性？当年长子西征，攻钦察、斡罗思，千军万马又何曾惧过？今天在这草原上，又能闹出多大响动？你只管放宽心吧！"说罢拍了拍忽必烈，带着卫兵向那高台走去。

忽必烈只得低头叹气，心想但愿如此，胸中却仍不平静。他将目光投向草原,见时候不早,便与刘秉忠一起带着自己操练的一队精兵藏在高台后方暗处,静待其变。

即位大典准时开始,蒙哥汗坐在高台铜椅上,接受诸王觐见,不时开怀大笑。其间有舞曲杂耍,众人齐声喝彩,好不热闹。转眼半个时辰过去了,失烈门等人却迟迟未现身。草原上长风卷过,飒飒作响,军士越等越心急,忽必烈虽阵脚未乱,但也是提心吊胆,只有刘秉忠沉住气来,低声道:"王爷不必心急,随机应变便是。"

忽必烈不置可否,闷哼一声。这时终于听到卫兵报失烈门呈上贡礼,却不见失烈门出现,只有一队戎装兵士分成左右两列,抬着一口巨箱,渐渐走近。蒙哥也不再笑,屏气凝神,注视下方。忽必烈更是大气也不敢出,死死盯着那口箱子,等到近了,却见箱盖好像并未盖严,里面还有异动,正要呼叫,却已不及。只见箱子落地,箱盖猛地被顶开,里面两人各持一把弩,半跪箱中,一瞬间就扣动机括,箭疾疾射向蒙哥。

蒙哥却不惊,身边卫兵立马上前挡下其中一支,另一支被蒙哥闪身躲过。此刻宾客座中已经大乱,舞女也都愣在当场不敢动弹。箱中刺客准备再射之时,蒙哥抽刀斩断来箭,跳下高台。忽必烈也自暗处出来,几队卫兵合力,瞬间刺客全被拿下。

蒙哥持刀在刺客面前来回走动,脸色铁青,却一言不发,在一头领模样的刺客身边停下,手起刀落,斩下那人头颅。有一卫兵急急忙忙自远处跑来,边跑边呼:"叛军杀来了!"

忽必烈再听,果然草地上杀声大作,马蹄声混成一片。霎时,一大队人马袭来,忽必烈本以为擒下刺客便可安心,没想到真如刘秉忠所说，还有叛军在后。

蒙哥立马召集人马，短兵相接，大典盛况成了另一番模样。顿时，绿草被染成红色，河水也被鲜血染红，天地间一片昏暗。忽必烈带着自己的一队人马左右冲杀。

“王爷！”

忽必烈听到刘秉忠的叫喊，回头看去，只见他与几名卫兵被对方团团围住。忽必烈立马招呼众人杀去解救，朗声道：“先生可受伤？”

刘秉忠气喘吁吁道：“秉忠无事，王爷快快整顿兵马，去追那一队人！”

忽必烈往刘秉忠所指方向看去，一队骑兵正沿着河流奔走，往西逃去。忽必烈回头扫视了一眼战场，见蒙哥无事，便带人沿河追去。无奈大典会场边所拴马匹俱被乱军冲散，忽必烈一行徒步追了一阵，终究没追上。忽必烈狠狠啐了一声，将刀一横，回身问道：“谁看清楚了那领头的是何人？”

卫兵面面相觑，半晌才有一人道：“似是海都。”

“海都？”忽必烈低声念到，思虑半刻才回过神道，“先回大典上去！”

等他们赶回时，却发现战事已罢。摆放酒肉的长桌已经毁去近半，帐篷与旗帜尽被撕扯成条条碎片，草地上横尸百米，鲜血染红了大块地方，已经渗进土地。不少妇孺伏在原地哭泣，还有力气的，在尸堆里翻弄着，看看有没有活着的人。忽必烈想，不知要多少大雨才能洗去这土里的红渍，又要多少大雨才能洗去这些人心里的愤恨。他定在原地不动，看着卫兵平民互相搀扶，还有一些未受重伤的正在绑缚俘虏，一时间不知如何是好。

蒙哥站在一边，巡视整个战场。他负伤似比忽必烈更多几处，手下侍卫也死伤过半，但脸上坚毅之色却比忽必烈多出不止一星半点。片刻，几名百夫长押着失烈门、忽察、脑忽三人，来到蒙哥面前。蒙哥微微点头，三人齐齐被踢中腿窝，低呼一声，跪倒在地。

蒙哥仍然不语，只是在身边半截木桌上坐下，将刀口向下插入草地，刀刃上仍然淌着鲜血。忽察、脑忽均平视前方，既不与蒙哥对视，也不低下头颅。只有失烈门瞪视蒙哥，大声喝道："孛儿只斤·蒙哥，你要杀就杀。但你是否忘了，诸王从前宣誓，接受汗位的应是我窝阔台合罕后人！你花言巧语蒙骗多方贵族，这是逆天之举。哈哈，我看你拖雷家族，必不长久！"说罢仰天大笑。

蒙哥任刀刃上的血流尽，再拔出刀来，贴在失烈门脸上。失烈门顿感一阵寒意，哑口噤声。蒙哥粗声道："失烈门，我也尊窝阔台合罕为大漠英雄，但若要将汗位传给你这匹夫，我看才是对窝阔台合罕大为不敬！当年贵由汗夺你之位，我看并无不妥。今日我召开忽里台大会，受诸王选举，即位蒙古大汗，如何逆天？"说完他将刀横过来，刀锋对准失烈门脖颈，又问道，"失烈门，我也知你没有如此心计能策划此事，我且问你，是谁在背后指使你？"

忽必烈听到此处，方才知道哥哥对叛乱之事早有防备，哥哥贵为大汗，身边想必也有高人指点。再想到事前蒙哥如此镇定自若，忽必烈不禁佩服。只听失烈门道："要杀便杀，你杀了我，我也会诅咒你不会长久拥有草原！"

蒙哥听罢将刀交给身边的刀斧手，看了一眼在旁边一言未发的忽察和脑忽，狠声道："你不说我便不知吗？今日你兄弟三人一同来此，定是你那蛇蝎母亲海迷失谋划的。"说罢招呼身边卫兵，"来人，传令下去，把海迷失给我抓来。刀斧手，将这三人斩了吧！"

忽必烈一听大惊，立马上前疾呼："哥哥不可！"却被身边刘秉忠横臂一阻。忽必烈大为吃惊，但为救人于刀下，来不及细究，挣开刘秉忠，来到蒙哥面前道，"哥哥不可，留下这几人说不定还有用！"

蒙哥却道："忽必烈，今日为何多次阻拦我？这几人留着有何用！倒不如杀鸡儆猴，叫那些看不惯我的人不敢来犯！"说完招呼刀斧手仍要动手。忽必烈直接走到刀斧手面前，夺下大刀，将其喝退，又放下刀对蒙哥说："哥哥，今日一胜，已经够让不轨之徒失魂丧胆。但这几人，留下关押，还可问出事端，省下不少曲折。哥哥若嫌麻烦，我可代哥哥审问这几人。"

蒙哥见忽必烈如此坚持，满腹不解，定睛看着忽必烈，目光灼灼，却见其目光并不躲闪，只得悻悻道："忽必烈替你们求情，看在他的面上，先留着你们的狗命。审完后，失烈门交我处置，忽察、脑忽二人，发配失剌豁罗罕之地。"

说罢几名卫兵押解三人向外走去。忽察、脑忽仍是不语，用力挣脱，以示不屈。失烈门高声大笑，呼道："蒙哥！你等着吧，已有巫术施于你身，你必不得好死，不得好死！"忽必烈和刘秉忠听得此话心慌意乱，均是眉头紧锁，神色严峻。蒙哥却不以为意，只当是疯话，转眼又将大刀自忽必烈手中取过，对卫兵说："既然杀不得他们三人，总要有人替罪才是。你们去找几个俘虏中的千夫长，让我祭祭大刀。”

忽必烈心间又是一震，却已无话可再向蒙哥求情，纵是不愿，也只能任由蒙哥了。不一会儿卫兵绑了两人前来，均是精甲在身，剽悍非常。卫兵将两人踢倒在地，蒙哥挥刀便斩。忽必烈不忍再看，只好低叹一声，转头离去。

3. 疑问

夜间，草原上已经大致被清理，尸体均被裹起掩埋，哭声仍在持续。忽必烈心中愤愤，在外踱步不愿歇息。他满心感慨，清晨时分还其乐融融，盛大庆典，竟出如此事端。无奈这草原薄情，仍是茫茫不见边际，忽必烈感叹自己不能挣脱这惨淡的世间，只得连连叹气。

正走着，见一人走到自己身前，正是先前阻拦自己的刘秉忠。忽必烈心中不悦，故作怒状，冰冷着一张脸不愿看他，自顾自地走去。刘秉忠急忙两步追上，低声道："王爷，秉忠特为王爷排忧。"

忽必烈一听更为生气，怒道："排忧？你可知我忧在何处？"

刘秉忠抱拳道："王爷恼我阻拦。"

忽必烈冷哼一声，道："先生既然知道，那我问你，早先为何拦我？汉人不是说'以德服人者，中心悦而诚服也'吗。今日让哥哥杀了那几人，若是传出去，岂不让人知道大汗在即位第一天，就丧了德？"

刘秉忠苦笑，心想这王爷虽有雄才大略，但仍少了一份决绝之心，不加历练，难以成事。他心里暗暗想着，嘴上却不说，只道："王爷，以德服人并不假，但也并非处处适用。汗位之争不比市井闹斗，大汗一人要对苍生负责，仅仅以德为事不足以警戒人心。西汉之时为争大权，就有七王之乱，最后七王尽死。大汗的做法虽然刚厉非常，但也不无道理。王爷之前想替小小刺客求饶，我不拦，但这叛乱主脑若留生路，说不定会留后患的。"说罢刘秉忠顿了一顿，见忽必烈脸色更加黑沉，便改口道，"不过今日已饶了他们，王爷也算做了一件好事，但愿是秉忠想错了。"

忽必烈听罢仍是不服，却无言以对，只得冷哼不语。两人相伴无语，走出数里，到了营寨。刘秉忠躬身告辞，只说了一句却又想起其他，便道："王爷有此仁心，乃我等之福。王爷只要记得，日后行军打仗，难免刀口舔血，只能做到勿滥杀妄戮。"说罢转身要走。

忽必烈心中已明白此中要害，沉吟一刻，又低声叫住刘秉忠："先生，我还有一事不明，向你请教。"

刘秉忠停住脚步，道："王爷还有何疑虑？"

忽必烈引刘秉忠走入自己帐内，道："此事我这几日一直在想，今天见此大乱，更是怀疑，但一直无法参透。自窝阔台合罕之后，蒙古内乱纷繁，先有乃马真立贵由汗，后有海迷失代失烈门摄政，现在哥哥又庇于母亲威望，得到汗位。这忽里台大会，表面上还是一样，分工论赏，但内里却早不似以前那般，只是想争汗位之人，笼络各方，用来考验人心。"说着忽必烈又忆起白天之事，眉头又紧三分，顿了一顿道，"今日窝阔台、察合台两族不服，将来也不一定会服，哥哥百年之后，又会有几人要开这大会，夺这汗位？这忽里台大会以后若是再开下去，不知蒙古会乱成何样?"

刘秉忠微微一笑，这让忽必烈摸不着头脑，"先生所笑为何?"

刘秉忠收敛神态，淡淡答道："王爷果真思大有为于天下。大蒙古国的传位之法，确有很多不妥之处。自古以来，帝王争位有两种方式，一种是征伐四方，开得一方疆土，世世代代保卫下去。像成吉思汗、窝阔台合罕，北伐西征，就是此道。"

忽必烈露出敬仰神色，道："不错，这两位都是盖世英雄。"

刘秉忠随忽必烈朗声大笑，抱拳道："得江山后，还得守江山，文法治国，休养民生，取信于天下苍生，王道才可以长久。"

忽必烈不解道："先生说的这些我都明白，我闻汉法儒学，在治国之道上，以德、以仁、以礼、以孝，颇为认同。但是这些以武以文，与忽里台大会，又有何干?"

刘秉忠道："今日蒙哥汗即位，面临动乱，必以武为先，整治江山。第二位的，才是休整制法，体恤民生，以至四方仰德。这样天下安宁，民康物阜，所有人都心向大汗，今日之事，才不会重演。至于忽里台大会嘛，想必王爷日后心中自有明断。"

正说话间，帐帘又被掀开，走进一人来，正是蒙哥。他肩膀受伤，简单缠着纱布，眉间尽是严峻神色，道："忽必烈，今日在外，一直未及问，你可有受伤?"

忽必烈只是摇头，道："我并无碍。"说罢指向刘秉忠，对蒙哥道，"我正准备与这位刘秉忠先生谈论大会一事。"

蒙哥目光如炬，上下扫了刘秉忠一眼，点了点头，忽地开口笑道："忽必烈就是喜欢和汉人学士混在一起，以往大战横扫四方，现在平白没了英雄气概!"

刘秉忠也是笑笑,说道:"大汗勇武盖世,王爷也是佩服得紧,正与我说,如今战事未平,又起动荡,自己定要出力出策,自请统领一方战局事务。"

蒙哥一听即刻来了兴致,大掌拍打忽必烈肩膀,道:"那倒是好事一桩! 忽必烈直说,想要哪里封地,明日大会,我即刻宣布与你。"

忽必烈看看刘秉忠,微一躬身,便直言道:"大汗,我暂不请赏,只愿自请总领漠南汉地事务。"

漠南汉地幅员辽阔,也颇为危险。蒙哥闻此也是一愣,随即又大声笑道:"忽必烈果然还是想去那汉人多的地方! 那好,我应你便是。只不过本想封你一块土地,我早已想好,南京、开封、京兆之地,任你挑选,但是这么说来,可就不能了。"

忽必烈大喜,道:"谢过大汗。"

三人又是一番闲谈,也论起叛乱一事,刘秉忠极力为忽必烈说话,让蒙哥相信留那三人活口并非错事。直到夜深,蒙哥起身准备回帐,忽必烈又忆起一事,急忙道:"哥哥留步,还有一事要说。"

蒙哥把撩开的帘子又放下,问道:"何事?"

忽必烈定神道:"今日战场之上,我见一队人马逃走,领头一人似是大将模样,便带人追上去。可惜对方骑马,我方步行,难以追上。后来问卫兵那人是谁,有人说瞧着模样,像是海都。"

蒙哥也是一惊,道:"海都? 没想到他也参与此事。"

忽必烈道:"不错。海都此人阴险狡诈,我后来思虑,想必他也是利用失烈门一伙人而已。况且这次还让他逃了，日后恐怕要成祸害。”

蒙哥沉思不语，很久才冷哼一声，说：“忽必烈不用担心。不管是谁，将来敢反，必遭我族诛伐。此间已经无事，忽必烈且好好休息，明早来参加大会吧。别忘了，你还有几个要犯要审。”说罢看着忽必烈窘迫之状，哈哈大笑，撩帘出去。

刘秉忠略待一刻，也告辞离去，留下忽必烈一人。他走出帐外，听见恸哭声渐渐没了，才微微觉得放心。他举头看去，天上星光熠熠。汉人都说，星星是死去之人的灵魂，那不知今日这场血战之后，天上是否多了千百颗星？也不知道，这混乱世代，何时才能走向太平？更不知的是，在那遥远的漠南之南，又正在发生何事？

风云变幻，转眼岁岁年年。忽必烈在漠南召集刘秉忠、张文谦、姚枢等汉人儒士，大行汉法，颇重农业。后又在河南抵御宋军攻击，始终谨记当日初心，并不滥杀无辜，让众幕僚佩服不已。河南经略司设成之后，万户侯史天泽来到河南，与忽必烈彻夜长谈。忽必烈一向敬此大将为师，他来到河南，忽必烈便放下心来，决议率军离去。公元 1252 年六月，忽必烈回到草原，受蒙哥封赏，得到京兆封地，又得蒙哥准许，准备亲率大军，由兀良合台辅佐，征伐大理。

这年夏天，忽必烈行军到六盘山，酷暑难当，决意停驻扎营，在山中避暑。一天晌午，忽必烈正欲带兵出操，却听卫兵来报，刘秉忠与张文谦求见，一时间大喜过望，快步迎上前去，见二人携手同来。

二人见忽必烈便先行礼数，忽必烈扶住二人道："两位先生，何故到此山中？"

张文谦道："王爷，我们二人在京兆无所事事，整日谈天下棋，好生无趣，便想着不如来与王爷同路而行。今日到了原州，听闻百姓说有一队大军驻扎在六盘山之上，还隔几日便打猎野物，派卫兵送下山来。我们一听，知道必是王爷军队，便上山来寻，果然寻得。王爷您还真会选地方，这山中景色宜人，又甚是凉爽，您这下属兵丁，不知修了多少福分？"

刘秉忠只是苦笑摇头，沉沉道："我们二人愿随王爷南征，虽无提刀打仗用处，但也能分忧些许。"

忽必烈道："先生哪里的话，有你们二人随军，不但多了两个军师，我一路上也有人相伴，真是好极。"

说罢三人相视而笑，一起走回帐去，忽必烈又问张文谦："先生，上次所托之事，可还顺利？"

张文谦摇摇头，道："王爷，文谦办事不力。此子喜静不喜动，让他与我一起南下，一万个不情愿，只说要留在大名路，钻研他那些古怪器械。下次见了，定要赏他几顿板子。"

刘秉忠道："说的可是郭守敬？"张文谦点点头，刘秉忠又笑道，"此事不能怪罪仲谦，郭守敬在我门下读书时，便与他人大有不同。要他读书，他就瞌睡，但要他摆弄些稀奇玩意儿，他就精神百倍。"

忽必烈啧啧称奇，道："听两位先生如此一说，我更想见见此人了。"

张文谦开玩笑道:“待王爷凯旋,回到草原,与大汗一起召见此子,想必他就不敢不来了。”

忽必烈道:“好,那便回了草原,让大汗召见此人!”说罢三人哈哈大笑,朗声而语,直惊动林间无数飞鸟,不知飞向何处去。

二、檐马丁当

1. 贾似道成年

这一处林间小屋别有味道，占不大的一块地，掩映在竹林之中。屋内只有一张竹床、一张竹案，还有两幅字画，挂在竹案后面。贾似道坐在屋中，案上书卷铺陈，却已许久没有动过。半高的小窗外细竹正随大风飘摇，斜斜小雨打在屋顶的布篷上，噼噼啪啪不停地响着。积水顺着布篷边沿洒落下来，已成小小水帘。雨点虽细，雷声却阵阵不歇，让人不得安宁。贾似道听着那声音，遁入回忆之中久久不醒。

外面一人推门进来，门咯吱作响，贾似道猛地惊醒，站起身来。进来的那人乌青色的袍子，衣摆已经浸湿，成了黑色。他躬身一拜，冷声低笑道："师宪，又是看书入了神？"他声音尖细阴冷，听来极不悦耳。

贾似道低头看了看半晌没翻的书卷，笑了一笑道："哪里，只是听见这沉沉雷鸣，想到了一些往事。"说罢又坐回竹椅上，端起茶盏呷了一口。

来人收起自己手中的竹骨伞，呵呵低笑，问贾似道："师宪如此着迷，倒是想起了哪些好事？"

贾似道把玩着手中古玩茶壶，沉吟片刻，才缓缓说道："哪有好事，是我听到这雷声，便想到家严辞世之日，也是如此。"

来人微露尴尬神色，但转瞬便逝，道："那便是宗申我的不是了。不过师宪不必苦楚，听朝中元老所谈，济川公当年谋略勇武，均是非常，在这淮东边线驰骋山河，是了不得的大人物。想必到了那一边，也会成为一员仙将。"这话奉承之意再明显不过，但经他说出来，却更多了一分亲近，让人不那么难受。

贾似道低头不语，不置可否，脑中回忆当年父亲神采，却已记不得半分，只剩下一些背影轮廓。当年父亲去世后，母亲茶饭不思，日渐消瘦，虽有姐姐和一众女眷做伴，不至于落下病痛，但也无心再管理家中事务。于是十岁的贾似道便随柳伯学习打点日常事务，学得很快，等到十三四岁时，已有了一家主人的模样并且人也长高起来。贾涉当年的同袍见到似道，便想让他也去学习武艺，将来也可似他父亲一般，征战四方。但母亲和柳伯都不同意，母亲当然是见郎官在军中染病，不治而去，不愿再让自己孩子重蹈覆辙。柳伯则是熟悉似道性子，他并不愿意舞刀弄剑，若想带兵，读些兵法，才是更好的法子。于是贾似道便随柳伯和私学师父读书。

贾似道二十岁时，母亲、柳伯也相继病重过世，姐姐入宫被选为嫔妃，贾家上下重任，自此全担在他一人肩上。他一边照料家事，一边读书考取功名。嘉熙二年（1238），贾似道中进士，面见皇帝赵昀。其时姐姐已经是贵妃，贾似道理所当然也极受皇帝喜爱。贾似道始终记得父亲临终时所说之话，所以表现得对征伐一事极其热衷。贾似道虽是文人风范，但于兵法亦通晓非常，皇帝封他之时，他自请成为军器监，却又时常夜游西湖，流连妓家，被皇帝斥责。有人为他辩护，说他虽是少年习气，但是大才可用，而后改湖广统领、户部侍郎，直到今日，得翰林学士，镇守淮南路。之后不久，姐姐贾贵妃去世。

贾似道想到此，不禁感慨光阴飞逝。十年来辗转四方，今日也算又回到了故地。来了之后，他却无太多事情可做，护边为轻，农业才为重，便向那人道："宗申所言不错，先父确是大家，但到了我这里，便成了整日阅卷抚琴之辈。我蒙先父之荫，得以镇于此两淮之地，却无甚大战事。百姓平安虽好，但我只能召民屯垦，大兴农务，实不是我所愿为。此处虽离京不远，但想入得朝中一展抱负，却也只是痴人说梦。"

那刘宗申仍是笑吟吟，道："师宪何出此言？这两年间，两淮之地仓箱可期，乡民富裕，不都是师宪之功劳？放眼大宋，又有几郡能如此丰饶？况且这边地不乱，又岂可说朝中不乱。师宪可知道那丁大全？"

贾似道略一皱眉，似是听到此人名字，有些不快，但又沉沉低笑道："知道，丁青皮嘛，与我一年中的进士。如今不是在西南任判官吗？"

刘宗申道："师宪有所不知。他现在在西南，但朝中有传闻，朝廷想要召他入朝，拜右丞相。"

贾似道大吃一惊，喝了一声："什么？"又马上收敛，咳嗽两声道，"连我都未曾听闻的事情，宗申是如何得知？"

"宗申不敢自居，论才能学识，我是半点也比不上师宪的。但若是论眼线消息，我则略胜一筹。我要是没这些能耐，师宪又留我何用呢？"说罢呵呵低笑。

贾似道看他一眼，又道："丁大全即便入了朝，成了宰相，又当如何？"刘宗申沉吟半晌，似是在考虑如何开口，贾似道却催促他道，"宗申只管说便是。"

刘宗申道了声好，才说："师宪有所不知，丁大全此人表面谦卑恭敬，但这讨幸之能，无人能及。他能谋到此位，又能一步登天，可远不是如师宪这般勤勤恳恳。更何况朝中还有一患，便是那董宋臣。这两人若沆瀣一气，不知要闹出如何动静。"

贾似道心想，丁大全这人他岂会不知，当年中举入朝时，丁大全对上时表面和气，但一到了私下，便心高气傲，不与他人来往。贾似道一月之中，与其他文人喝酒谈天，好不快活，唯独丁大全全然不理。思虑一会儿，却只道："宗申真是心思细密，但想必是多虑了。我看那丁青皮，没那么大胆子，怎敢刚一任宰相，就肆意妄为，不顾朝纲。"

"师宪真是不喜与人为恶，如此心性，想必朝中党臣，已找不出几个。这丁大全可不是小奸小恶，心思诡谲，他人难以想象。他若为祸，师宪不如趁此时机，上书弹劾，也好让自己在朝中有了功劳一件。"

贾似道连连摆手，峻声道："他与我都是在大宋为官，只为造福百姓，怎可如此对待？”

不待贾似道接着说下去，刘宗申似是一套说辞早已备好，急忙答道：“他若好生为官，振兴朝野，师宪便交他一个朋友也无不可。但他若不好好做事，只顾为己求荣，那师宪何必赏他脸面，让他下台，何乐而不为？”

贾似道略一迟疑，将案上书卷合起，向刘宗申道：“好了，不谈这些。丁大全若是为祸，我再思虑对策不晚。现在这雷声雨声，俱已没了，宗申陪我走走这竹林，赏赏风物景致，如何？”

刘宗申也不好再说下去，便笑吟吟道：“难得师宪有如此兴致，肯放下书本，游走山林，宗申哪有不陪的道理？”说罢自己取过竹骨伞，推开木门，躬身做了一个请的姿势。贾似道随即走出去，霎时间觉得清新之气扑面而来，不似刚才屋中那般憋闷。两人走向下山道路，谈笑风生，却各怀心事。刘宗申思忖何时再能提起入朝一时，却不想贾似道心中已有打算。贾似道虽不说，脑中暗暗定下心思，丁大全确实不值得信任，若真要在朝中为非作歹，倒不如自己先上书皇帝。虽不为了自己仕途，但为了天下百姓安生，也得棋行险招，非走这一步不可。

闲谈间，两人便下了山，回到镇上，告别之后，各回家中。贾似道为扫疲乏，打水洗漱，在铜镜前一瞧，又是唏嘘不已。自己穿着一身灰黄长袍，发髻散乱，不过三十余岁，却已皱纹满布，两鬓皆白。想到自己这二十年，为了父亲几句话而片刻不敢歇息，却又始终没能真正理解父亲的意思。十岁时所听见的话，已经印象模糊，但唯独最后一句，不能忘，不敢忘。若是不能入朝，造福苍生，而只能偏安一隅，在两淮之地镇守疆土，保护一方百姓，又算不算得上尽了一切努力，去保我大宋的江山呢？他走在这空荡荡的大院里，眼前出现父亲、母亲和唐柳的身影，不禁泪流不止，叹道："自金灭后，两淮暂得安生。似道这些年来，未对任何人有愧，只想着与人为善，守好这地方，不至于丢了家业。如今若想保更大之家，便只好做一回恶人不可。那人非善非贤，害他便也无妨。只是与人为恶，终非我所愿。唉，为何似道不能只做寻常百姓，享天伦之乐？"想着想着已到夜间，便回到房中，不久便沉沉睡去。

次日清晨，贾似道坐在自家屋中整理账务，只听得两声敲门声。贾似道说了一声"进来！"门便从外推开，家中最年少的女仆走进来，眉目含笑，压低声音，弯腰说道："家主，唐姑……唐小哥求见。"

说完便侧身立在门边，迎进门外一人，那人进来便佯装不快，轻轻踢了女仆小腿一脚，道："说个名字也说不好，真是笨！"那女仆也不生气，只是强忍笑意，耸了耸肩。贾似道见了只是无奈摇头道："好了，你们二人在一起便要瞎闹，整个院子都被你们搅得乌烟瘴气。"

来的那人穿着书生长衫，却因为人太瘦小，衣服显得臃肿拖沓。面皮比寻常男人要雪白许多，扎成发髻的头发也较长，一开口声音虽亮，却似莺声燕语："你这院子死气沉沉，要不是有我和凝香妹妹，你这一家子不知道要多少载才开口笑上一次！"

贾似道吟吟笑道："我说你不过。那'唐小哥'这次来，又有什么事情要和似道相商？"说话间凝香向来人笑了一下，便退出门外去了。那人找了一把椅子，拖到屋子正中间，面对着贾似道摆着，一撩衣摆就坐下来，跷起二郎腿，道："问我有什么事？我看是你忘了什么吧。"说罢又从贾似道案上取了一个果子，用袖子擦了一擦便大口咬起来。

贾似道一拍脑袋，似是想起了什么，马上赔笑道："是了，今日应是我去探望尊甫之日，竟然也给忘了，真是似道的不是。"说罢从椅上起身，整了整长衫，道："那我们这就走罢。"

那人仍是坐着不动，一口口吃着果子，道："坐下好了，我爹爹还得叫你家主，不敢盼你去看他。他只说希望你别忘了爷爷的忌日就好。"

这人就是唐柳的孙女唐小燕，贾似道十几岁时，垂髫之年的唐小燕就经常到贾家大院中玩耍。院中除了一些年轻女仆，就只有贾似道年纪最小，愿意和小燕一起玩闹。一来二去，两人成了发小，互称兄妹。后来，唐柳去世，但两人关系也未减半分。这唐小燕虽是女孩，但性格直爽，脾气耿直，不输男子，而且她也并非大家闺秀，为了方便出门行走，时常着男子衣衫，学习男人行为举止，让贾似道哭笑不得，不知该拿她当作妹妹还是弟弟。

贾似道无奈道："柳伯与尊甫皆是我贾家恩人，似道不敢妄称主人。而且尊甫早已不在贾家，我当他是长辈，不敢怠慢。至于柳伯的忌日，似道更是不敢忘记，这么些年，我有哪次没有去过？"

唐小燕不耐烦地摆摆手，道："总是来这一套，我爹是不在这了，那我还总来是不是也不招人待见？你就记得你的升官发财之道，我下次只来寻凝香玩好了。"她说的虽是小女儿话语，但却丝毫不见女人情态，只是大大咧咧，似是男人醉酒谩骂。

贾似道无奈摇头苦笑，半晌才玩笑道："小燕还是十年前的小燕，似道却早也不再如从前那般清闲了，如何有那么多时间陪你玩闹。如今有凝香在这院子里，让我安心许多，我真是谢天谢地。"

唐小燕听后并不发怒，只是低声叹气。幼年时她与贾似道一起玩耍，也一起学习。唐柳只得这一个孙女，甚是溺爱，教授贾似道时也不回避她。于是唐小燕从小便不学乐器女红，懂的全是些治国安邦、理财兴家的大道理。自然而然，长大后也变得不像个女孩儿。再加之她聪明伶俐，常在茶馆与大男人侃侃而谈，尽是家国之事，虽只得皮毛，未能切中要害，但比起平常人家、穷酸儒士，已是毫不逊色。

贾似道为官之后，唐小燕也常在旁思忖，暗中观察她这异姓兄长是否为民着想，当了一个好官。若是他有半点不是，唐小燕也必要斥责他。她时常来到贾家也并非全为了玩，也是为贾似道提些意见。好在贾似道并未犯下什么大过错，唐小燕便没什么事，闲暇时与院里女仆凝香成了好友。

她听了贾似道这几句话后，道："知道你这做官的忙，但也不必这样损我。你不是十年前的你，我也不是十年前只知道玩泥巴的毛孩子。上次赈灾之事，若不是我提醒，你哪晓得周边县镇也要照顾周全，到现在还未见你谢我呢。"

贾似道装模作样作了一个揖，笑着道："那么，似道替两淮百姓谢过忧国忧民的'唐小郎君'。"

唐小燕佯怒道："为官之后别的不会，却学会了这虚头巴脑的一套。我看你真的要少和那刘宗申来往。"

贾似道听得这话，眉头微皱，正色道："宗申在仕途上助我良多，小燕为何总是如此不待见他？"

"什么助你良多，分明是想趋炎附势，借你之力实现自己抱负。这个人阴阳怪气，铁定不是什么好东西。就只有你被蒙在鼓里，分不清楚谁对你好，谁又欲对你不利。"

贾似道微有不悦，抖了抖袖口，峻声道："小燕不可如此度人。宗申依附于我，乃是做我幕僚，帮我打理两淮事务，许多事情得宗申操持，我也要轻松许多。他若真是势利小人，随我一个宝文阁学士，立命在此淮东，又能有多大作为？"

唐小燕不以为然，反问道："那我问你，你最近是否打算进京了？"

贾似道愣了一下，道："你如何知道？"

"刘宗申等的就是与你一同进京、享受荣华富贵的机会，如今人人议论，丁大全丁青皮要入朝为相，刘宗申知道你一心向大宋，见不得歹人祸乱江山，怎么可能放过这么一个大好机会，不劝说你呢？"

贾似道奇怪道："怎么，小燕也知道丁大全一事？"

唐小燕点点头，正色道："街头巷尾之传言，不能全信，也不能全不信。丁大全这件事，我看十有八九是真的，就只有你这当官当傻了的，当成是戏言。"

贾似道苦笑两声："我倒没有当它是戏言。丁大全这事，我也做了打算。"

唐小燕一听，猛地从椅子上站起来，大喜道："你有什么打算?"

贾似道并不直言，却反问道："小燕，你也知道，爹爹当年离世时告诉了我什么。我这二十年间，常问及别人，爹爹当年是如何保江山的。时至今日，我也还是不能明白，何谓'不论任何手段'。我问你，如果不入京城，只做个地方统管，赴汤蹈火，可算得了保卫大宋?"

唐小燕沉吟一刻，道："金灭之后，虽得短暂平安，但也只是因为蒙古内斗不断。三年前蒙哥做了大汗，雷霆手段，整治颇有成效。今年年初，其弟忽必烈也率军攻破大理，降了段兴智。再要发兵，必是针对大宋。到时候战事不断，我虽信得你的才能，但你能守得住淮东，能守得住合州、鄂州吗? 若想要保住江山，不入朝堂，惩治奸恶，立威立信，谈何容易。"

贾似道也点点头，道："我昨夜彻夜不寐，所想所感，与你说的颇有几分相似。看来丁大全这事，不论如何我都不能不管了。"

未及再说，门外却传来敲门声，又有一女声响起，正是凝香，道："家主，刘先生求见。"

贾似道应了一声，唐小燕在一旁却略有不快。不一会儿，门便被推开，刘宗申自外面走进来，合手躬身，道："师宪。"又看见唐小燕冷眼站在一边，呵呵一笑，道："唐姑娘也在这儿啊。"

唐小燕低低应了一声，便拉住凝香出门去，只留下贾似道和刘宗申二人在屋内。刘宗申笑了一笑，回身关上屋门，继续说道："师宪，之前我和你说过的那个吕将军，此刻已经到了淮东。"

贾似道喜上眉梢，朗声道："哦? 吕安抚到了? 宗申何不去将将军请到我府中?”

“宗申这就去请。在这之前,还有一事要问。不知道进京一事,师宪想得如何?”

贾似道一皱眉,道:“为何问这个?”

刘宗申压低声音,慢慢道:“吕将军也是大忠大义之人,这次与吕将军见面,何不一起商讨一下,如何对付奸相?”

贾似道略感吃惊,道:“此举只为清理朝堂,助官家辨明忠奸,又非武斗谋反,为何还要与吕将军相商?我倒是觉得,知晓的人越少越好。”

“师宪若无几人帮衬,丁大全集宰相之力,我们又如何抗衡?如果师宪忧心,先不管这些,只与我去见见吕将军好了。”

贾似道还想再问,但略一思忖,刘宗申说得不无道理。这位吕将军便是峡州知州、湖北安抚吕文德。这十年间,他解围寿春、收复五河、死守泗州,立下赫赫战功,是大宋抗击蒙古的中流砥柱,几可比得上当年的孟璞玉、余义夫。虽不知他全部底细,但他出生入死只为保得一方平安,定然不愿意奸恶之人祸乱朝政。若得如此一人相助,保全朝堂安危,又能多上几分把握。如今他前来淮东面见自己,说不定也是有什么要紧之事。贾似道想到此,也不好再辩,便遣刘宗申前去请吕文德。自己在府中整理妥当,只等两人前来。

2. 暗算

宝祐三年(1255),才刚刚入秋,些许寒意已经渗入临安城。街上行人渐渐稀少，丁府外却是门庭若市，来去皆是朝堂上下为官之人。自传出丁大全要上任右丞相后，这块地方就没有消停过。临安城中年老一些的百姓犹能记得，以往吴潜、董槐为相之时，却不似这般热闹。这天晚上，丁府外仍旧是人声鼎沸，但他们要找的这家主人此时却不在府上。

正是华灯初上时，湖面上挤满大大小小的画舫，艘艘画舫上皆悬满灯笼。那比湖畔房屋还高的船舱内，一层有大排筵宴，二层有小屋隔间。雕花木窗上的帷幕帘幔涂上油层，厚过纸板，将船舱内外分隔，里面坐着的人只听得见内里的喧哗，连为他们准备的彩灯也见不到几分，更不用提岸边的林林总总。舱内还有歌女舞女，夜夜不息。这船内、船外、船边，各是别样景致，人来人往，倒不知究竟谁才是游客，谁才是风景?

一艘大船船舱二楼一间厢房内，正坐着三人，对盏而酌。喝下一杯，其中一华服戴冠之人乐呵呵地说起话来："大全这次倚仗董内侍太多，真是不知道如何报答才好，便在这'玉珠舫'中宴请内侍，聊表心意。"

另一人衣衫也不简单，但在三人中已是最次，也没有戴帽，只是扎了一个发髻绾起头发。他听头一人说完，也端起酒杯道："不错不错，内侍不仅照料子万颇多，对我马天骥，也如再生父母一般。我这次借子万的地方，表我心意，待到过得几日，我再请内侍到寒舍坐坐。"说罢哈哈大笑起来。

第三个人正襟危坐，却没有笑，只是微微扯动嘴角，皮笑肉不笑，仍旧面沉似水，冷声道："丁御史、马侍郎，何必与董某如此客气。这样一说，岂不更是显得疏远？子万、德夫，两位皆是大才，既有出将入相之能，又有高标青史之功，能得此官位，自是应该。董某才是三生有幸，能交到子万、德夫两个朋友。”

说话这人正是皇帝赵昀贴身内侍董宋臣。他嘴上热乎，脸上却一点未见和气，寻常人若见了，定觉得他甚是阴冷古怪，难怪乎百姓私底下都叫他“董阎罗”。而另两人，一个是户部侍郎马天骥，另一个正是殿中侍御史丁大全。

马天骥放下酒杯，颇为尴尬，但也只有赔笑。丁大全却很是高兴，拂袖高声道：“正是，内侍、德夫与我都是朋友。既是朋友，互相帮衬，也是应该。”说罢自饮了一杯，不待另二人表示，又道，“要说朋友，大全在朝中，还有一位至交好友。”

马天骥甚是好奇，侧身附耳道：“子万指的是哪位高朋，今日为何不约来相见？”

丁大全与董宋臣相视一眼，缓缓道：“这位朋友，可是约不出来。”见马天骥更是好奇，顿了一顿道，“乃是官家身边贵妃——阎贵妃。”

马天骥大吃一惊，手中杯盏内酒水洒落一地，杯子也几乎脱手落地，半晌才定了定神，压低声音道：“子万，怎可如此胡言乱语？”

丁大全呵呵一笑，重新为马天骥斟上美酒，道：“德夫有所不知，这位阎贵妃，不仅生得貌美，而且也有男子的胸襟与见识，若说气魄能力，想必是连你我也比不上的！”

说完他看了一眼董宋臣，董宋臣知会意思，也冷冷开口道：“确实如此，只可叹终究是深宫贵妃，若是男儿身，今日必要请到这‘玉珠舫'上来,也好让德夫见识见识。"说罢他站起身来,从窗口目视远方,丁大全也赶紧随着他站起来。马天骥仍在傻眼,半晌才反应过来,跟着走到窗边。

外面仍是灯火通明,熙熙攘攘。已是戌时左右,寻常人家早已入梦多时,这西湖内外却好像比先前三人进来时,更加明亮晃眼。董宋臣道:"你们看这西湖美景,天下可有出其右者?"

两人躬身在旁,都道没有。

董宋臣接着说道:"这临安城能得如此风貌,可算是大宋之福。你我三人,如今都可算是官家的左膀右臂,再得如阎妃一般通情达理的贵妃,又有什么事不能做得?保我大宋之威,可都是我们的事儿了。"他说的话半真半假,让人摸不着头脑,此刻就只有丁大全明白。

丁大全马上附和道:"内侍说得没错。既然是我们的事,为了大宋朝廷安危,那些奸恶之人,当赶紧除去。"

马天骥不知其中利害,道:"子万说的可是贾似道?"

董宋臣转过身来,摆了摆手道:"贾似道去年连连上书,虽是闹出了不小动静,但也终归至于此,消停了也就算消停了。现在要对付的人,乃是董槐。"

马天骥没有料到会听到这个名字,看了一眼丁大全,却不见他吃惊,才明白自己是最后一个"上船"之人,便低沉声音道:"董相公?"

董宋臣脸上未见任何涟漪,只是点点头,道:"不错,除去这个人,子万的丞相之位才能安稳,到时候我们几人才真正有能力保护这个朝廷。”

丁大全躬身一拜，马天骥见状，也不再多问，只是哈哈一笑，端起酒杯道：“那天骥就敬子万一杯，祝子万马到成功。”

丁大全应承下来，道：“董内侍、德夫，同喜同喜。”

转眼已是几日之后。董槐自宫内走出，径自向自己府上去。这几月对他来说颇为难熬。一年前自己刚为丞相时，便有不少人找到他，有些人是巴结他，只为谋些好处。也有一些人为探讨为官之道，特来拜访。董槐知道这些都是必然，所以不管对方用意何在，来者不拒，但所求之事也并不一一答应。其中却有一人，颇为奇怪，就是丁大全。从前丁大全到他这里来求个一官半职，已被自己拒绝。但这一次他来，并不奉承自己，既不为谋利，也不为商议事情，只是堆起笑脸，闲聊半晌，就自行离去了。然而这几月内，总是传出消息，这丁大全在朝中散布谣言，弹劾他，官家似乎也有所动。董槐心里非常明白，这其中原因有二，一来是那丁大全仍然记恨自己拒绝过他；二来是他也有做丞相的打算，排挤了自己，他肯定更好安生。董槐无奈，只得经常入宫，为官家分析利弊，既为保全自己，也为不让朝廷大权落在如丁大全这般人的手中。

董槐所提之事，尽数朝政之弊：一是皇亲国戚不受法度管制，二是执法官员行使权力作威作福，三是京城官吏不管束下属，任其胡作非为。董槐所说之事，皆意在从旁提醒官家，提防小人，然而官家却似乎越来越听不进他的话。董槐没有察觉到的是，由于自己一向唯才是举，两袖清风，克己奉公，已经让官家倍感无人关注自己。而在丁大全诬陷他时，他又常常觐见，畅所欲言，官家自然不喜。官家知晓董槐来意,却以为是董槐多疑。

想到此,董槐唉声叹气,唏嘘不已。边走边想,眼见已到了西湖边,见那湖面之上,仍旧灯火通明,喧闹不已,想必又是那些贪官污吏在享受酒肉之欢。不知道那丁大全可在这行列之中?

董槐回到家中,洗漱整理,翻开卷宗正欲查阅,却听见门外吵闹非常,推门出去,只见门外一片火光。门外几人正在大力敲门,门板“咚咚”直响。

门内一个老家仆守着,董槐走过去问:“外面何人?所为何事?”

老家仆发着抖,涩声道:“回主人,不知道何人,也不说明来意,只是一个劲儿地砸门,我不敢开。”

董槐扶住老家仆,退后两步,听见门外传来叫喊:“董丞相,丁大全求见!能否请丞相开门相见?”

董槐感觉奇怪,只觉得丁大全聚众前来,定不会有什么好事,便不靠近门口,只是朗声问道:“这么晚了,子万有什么事?”

那丁大全也不回答,只是呵呵一笑,避开话题道:“丞相,门外街窄,冷冷清清,丞相不会是想让我在这外面说话吧?还请丞相开门。”

董槐“哼”了一声,不及回答,却听丁大全又高声道:“如果丞相不开门,就请别怪大全鲁莽了。给我砸开!”

只听得敲门声戛然而止,又传来声声闷响,是外面几人在用肩膀撞击木门。董槐大吃一惊,察觉事情不妙,连忙对身边老家仆说:“快带夫人、家眷藏入内院,不得出来!”

很快，门板就轰然倒地，撞门二人退到一边，丁大全穿着一身青灰长袍，挽手在后，慢慢踱步进来。他看了一眼董府院子，冷笑一声，转头看着董槐道：“丞相好住处！”

董槐扫了一眼后面来人，尽是佩刀军士，人数不下百人，心知大事不好，但仍是岿然不动，低声道：“蒙子万赞赏。子万深夜带兵到我府上，又是为何？”

丁大全来回走动，不时停下看看盆景花卉，甚是悠闲，缓缓道：“丞相，官家已有旨，今夜就要罢你的相位。丞相不会还不知道吧？”

董槐见他如此，不似幌子，心下一沉，定了定神道：“官家若真有旨，我董槐受着便是，又何必劳烦丁御史？”

丁大全道：“我用御史台台檄调兵来此，只是因为官家不仅要罢你的相，还得治你的罪。恐怕今天晚上丞相就住不得这大院了。哦对了，今天以后也住不得了。”说罢摸了摸身边杏花，露出惋惜神色。

董槐沉声道：“董槐何罪之有？就算有罪，也得官家治我，你带兵来围，又算什么？你……”

不待董槐说完，丁大全就急忙打断道：“丞相何罪之有，到了大理寺，自然一切明白。来吧，把丞相绑上，丞相斯文人，你们可得轻着点。”

话音刚落，两官兵就上前用麻绳缚住董槐。丁大全走出院门，带头向大理寺方向去。董槐被推出院门，无奈之中看了后院一眼，只见百余持刃官兵都已离了大院，才放心一些，长叹一口气，知道事情已难有回旋余地,只得随丁大全去了。

一行人走到北关,丁大全突然止住众人,回身向董槐说道:“丞相,今日大全就送你到此。”说罢假惺惺一拱手,便要带人离去。旁边一亲信模样的人上前向丁大全耳语两句,丁大全呵呵笑道:“放心,丞相脾性忠义,哪能容得了逃犯之名。丞相,对吧?”说罢哈哈大笑,带人离去。整个大道上,只剩下董槐一人。董槐虽知自己无罪,但也心知丁大全所说没错,自己一心只为大宋社稷,哪可能此时窜逃,只能去大理寺,盼望能为自己求得一个公道。想着便身负麻绳,缓缓向大理寺走去。

大理寺卿正坐在案前,紧皱眉头,审着一卷金帛案文,只见董槐绑着麻绳,走了进来。他大吃一惊,迎上前去,道:“庭植,这是作何?”

董槐奇怪道:“不是官家要罢我相位吗?难道丁大全所传之事是假?”

大理寺卿面露难色,道:“罢相一事确是真事,只是这案文才到我手中,庭植怎么就已经来了?”

董槐瞪视大理寺卿,眼神无光,许久才暗笑着摇了摇头道:“丁大全,你竟如此心急。这朝廷大事若真到了你手中,将会是何等模样?”

刚一阵喧闹过后,北关外火光已远,街道又渐渐平静下来。

宝祐三年(1255),又是一夜,董宋臣、丁大全和马天骥又聚在“玉珠舫”上,只不过此时的丁大全已经被拜为丞相,执掌生杀大权。

三人身边此时还坐着另外一人，长须垂地，一身褐色皮袍，盘腿而坐。这人名叫袁玠，乃是丁大全十年亲信。他端着酒杯，哈哈笑道："袁某敬三位大人一杯，以谢三位对袁某的提点。"

三人皆应下来，董宋臣喝下一口，道："袁玠，明天就是你走马上任之时，到了九江，可要好自为之。"

袁玠笑道："承内侍、丞相之情，这个制置使袁某必做得有声有色。"

丁大全一笑，向董宋臣道："袁玠在我身边这么些年，为人处世，我最明白。内侍尽管放心好了。"又转向袁玠，低声道，"袁玠，你最该谢的人，今日却不在这里，真是可惜。"

马天骥笑道："不错，阎贵妃不能在此，真是可惜。一年之前，我还不信有此奇女子，能得男子眼光与行事，想不到就在官家身边、芙蓉阁中。若无阎贵妃，我们行事真是多有不便。"

三人又是一番赞许，几轮酒过后，袁玠又为难道："丞相，袁某还有一事，不甚放心。"丁大全疑问一声，袁玠接着道，"那姚勉因我之事为由，挑拨是非，上书弹劾丞相，袁某真是不知如何应对？"

丁大全呵呵一笑，道："姚勉小人，之前就因为董槐之事羞辱我，虽是狠毒，却未兴起什么风浪。今日又说我朋奸罔上，结党乱政，真是可笑之极。他虽胡言乱语，官家自然心明如镜，也不会理会他，袁玠不必为此自责。方岳、洪天锡、贾似道、姚勉，前前后后欲以乌有之事污蔑我等，加起来也有十数次，都不成气候，只把它看作过眼云烟，掷之窗外好了。"说罢丁大全站起身来，手抓一颗青豆，扔出窗外，落入西湖水中，惊起小小涟漪，即刻被鱼分食。

是夜，四人在西湖上享乐之时，却有一人潜入宫门，在朝门上书下八个大字，乃是："檐马丁当，国势将亡。"

三、师宪拥军

1. 贾似道驱逐丁大全

“岂有此理!”贾似道大喝一声,拍案而起,却又不知接下来该作何言论,叹了一口气,只好又低声道了一句,“真真是岂有此理!”

此刻他正站在一卧房的床旁,床上躺着一人,面带病容,正是刚被罢相没几天的董槐。床边还坐着两名妇女,一人正是董槐的正妻,而另一人则是唐小燕。唐小燕已不似五年前那般如花容貌,但仍然不着女衫,穿着一身公子衣裳,比从前更像是一个文人儒士。

看到贾似道如此失态,董槐不禁笑了一笑,对自己夫人使了个眼色。夫人看了看唐小燕,眉间似有难色。董槐只呵呵一笑,道:“小燕不是外人,就让她留在此听听董某和师宪的谈论吧。”

董夫人只好起身出门,从外面把门带上。董槐咳嗽两声道:“师宪大可不必如此,官场是是非非,董某都已不去想它了,只待这一场病过去,便可在此住处养花逗鸟,颐养天年,好不快活。”

大理寺一幕之后，董槐已经是住不得丞相府了，但毕竟不像平常百姓，被没收了家当只能沿街乞讨。董槐遣散多余的家眷，带着妻子家小，住到了临安西城的老房子里。这里院落虽不如丞相府宽敞，但种几株杏花，仍是绰绰有余。

贾似道来回踱步，直替董槐叫屈道："董公难道忘了为官之道了吗？董公这些年道尽政弊，难道就不改了吗？"

唐小燕听到此语，怕伤及董槐被罢官的痛处，不忍打碎他的晚年美梦，赶忙去拉扯贾似道的衣袖，想要他不再说下去。谁知贾似道只是拂开她的手，继续向董槐说道："可恨那丁大全趋炎附势，还有个阎贵妃保全着他。我呸！要是姐姐还在世，官家哪里还会向着那个丁青皮！我也要叫他尝尝，什么叫权贵什么叫走狗。"

唐小燕见他说着说着气血上涌，不休不饶，只得插声道："师宪怎可有如此想法。那丁大全用下作手段害了董公，是狗咬了人。你再去陷害丁大全，即便是为保朝堂安宁，不也成了狗咬狗吗？"

贾似道听到唐小燕将自己比作狗，不禁一怒，瞪视着她。但他这异姓妹妹非但不怕他，看着贾似道不作声，反而甚是自恃。董槐见两人又斗起嘴来，只得苦笑道："师宪啊，你也为官多年了，官家都已称你一声开国公，怎得还是如此莽莽撞撞。要比起治世之理、做人之道，我看你还远远比不上小燕一个姑娘家。只是小燕啊，你也不是小姑娘了，不要整天光惦记读书，也该找个好婆家了。"

唐小燕确是个老姑娘了，但听了董槐这话，也不脸红，只缓缓道："董公，知道您在意小燕，但小燕大可不嫁。人说'待字闺中'，小燕早给自己取好了字，不在闺中，也不寻夫家。"

贾似道也不知劝过这妹妹多少次，只是每次她都打着哈哈糊弄过去，如今仍然不见唐小燕有些许想出嫁的迹象。他听了这话，气得问道："那'唐公子'给自己取了个什么字？"

唐小燕道："唐小燕，字'才高'。"

贾似道听了又好气又好笑，只是暗自摇头。董槐却哈哈大笑道："哈哈，确实如此，确该如此。以小燕的才学，想要找一个配得上的夫婿，恐怕是比登天还难。有你为师宪出主意，董某觉得确也比十几个幕僚还要来得实在。"

唐小燕笑道："董公又在笑话小燕了，我说的话，师宪未必能听进三分。要说出主意，我看那刘宗申的主意更能入得师宪的耳。"

贾似道道："六七年前宗申便提醒我，提防丁大全，我还不在意。现在看来，他说得一点不错，早知今日，就该听了宗申的建议。"

董槐沉思许久，缓缓道："刘宗申确实聪明非常，然而此人野心也不小。他是看出了你今日能成功业，才选择一直在你身边。至于他还有没有更多的贪念，谁能知道呢。"见贾似道似有不快，转念又打趣说，"好了，不说这些。董某这病未愈，脑子混沌，不得思考，还是与小燕聊些家长里短比较好。"

说罢三个人又聊起其他事宜，只是贾似道一直忧心忡忡，没过多久，便拉起唐小燕，欲与董槐作别。

眼见贾似道已经迈步出了门，董槐却叫住唐小燕，轻叹道："小燕，师宪心中虽有大义，但性子太直，就似当初的我，不懂回旋。这一番失落，才让董某明白许多道理。像师宪这般，仍是斗不过丁大全、董宋臣这等奸人。你若不在，董某怕他会吃尽苦头。若是他要上前线去，董某恳求小燕，为了这大宋能保有一个贤相，也能在他身边出谋划策。”

唐小燕点点头，向董槐拜别出门，看贾似道背影似意气风发，她不禁长吁一口气，却听到贾似道回头唤她：“小燕，快些，约个时日，我想见见吕将军。”

临安城西子湖畔，有一座二层小楼立在红灯绿影之中，二楼茶座上空着七八张桌子，只有一张桌子边坐着三个中年儒生模样的人。一人衣服比其他二人稍华丽，还有一人衣袍宽大，仔细一看就能瞧出是女扮男装。这三人不是别人，正是贾似道、刘宗申和唐小燕。

三人正谈笑间，店小二从楼下引上来一人，虎背熊腰，膀大腰圆，面容却修得齐整。这人见到贾似道，猛力抱拳，压低声道了一声：“下官见过贾大人。”却仍是震得这二层小楼颤动一下。

贾似道听得这一声，也不惊吓，站起身来迎笑道：“吕将军来了！”来人正是湖北安抚统制吕文德。贾似道引他到三人身边坐下，抱拳向临安宫廷方向一拜，又道：“吕将军，大家同在朝中为官，为我大宋出力，不必再互相客气。而且吕将军与似道又有近五年私交，还大过似道两岁，叫我名字便好！”

吕文德一介武夫，本是粗人，不擅说辞，自己暗忖与贾似道确有多年交情，而且无话不谈、无话不说，都一心为宋廷出力，便同意贾似道提议，哈哈一笑，刚想说话，却被旁边的刘宗申抢了先。

刘宗申捋了捋青色衣袍，站起身来，阴沉沉道："师宪乃是枢密院事，又被拜为开国公。官家掌握天下，纵然别人的话皆可不听，可师宪的话，还是要听上一听的。宗申与吕统制毕竟官低几等，当然得称一声知事大人。"

吕文德听了此言，只得收了笑声，颇有些尴尬。贾似道不以为意，只道是刘宗申太过讲究宫廷礼仪，摆摆手打了个哈哈。只有唐小燕听得出刘宗申的用心，知道他是想为贾似道纠集党羽，以备日后好有力量与朝廷其他势力抗衡。唐小燕一向不喜欢刘宗申的为人，但也深知贾似道太易于轻信他人，毕竟朝堂之上，交朋为小，结党才是事大。刘宗申虽还有更大野心，但此举也没什么不妥，她只好冷哼一声，端起茶杯大喝了一口。

四人一人一句说起朝堂之事，其中不乏声讨几句丁大全和董宋臣。贾似道对这二人十分厌恶，吕文德也恨之入骨，说到动情处，几次拍案而起，似要马上屠尽那两人满门。

说着说着，几人说起了边防战事。吕文德道："自从宣抚离了江淮，官家让末将去做了统制，这边防一刻不得安宁。总有人说北面蒙古人不久就要打来，弄得人心惶惶。唉，不过我看也说得不错。那蒙哥，性子刚烈不输其祖铁木真，没个仗打，他是不踏实的。灭金后，他弟弟忽必烈又打下了大理，我看等他们休整好了，早晚是要来的。"

刘宗申抿了一口茶，抱拳道："我大宋精兵无数，国威不尽，自有天佑。何况还有吕将军、王坚将军、袁玠将军等英雄人物，哪怕他士兵再多又如何？"

吕文德得了赞赏,呵呵一笑,也就不再多说,只看着贾似道作何反应。贾似道却是紧锁眉头,缓缓说道:“吕将军、王将军自是大才,不必多说。那鄂州袁玠,却不是什么好料。我听闻他是那丁大全的党羽,想必带兵打仗好不到哪去,甚至愿不愿为我大宋卖命都不好说。”说完站起身来,看了看西湖风景,不禁长叹一口气,道,“蒙古人一来,鄂州首当其冲,依我看弹劾丁大全一事,还真的不能再久拖了。”

刘宗申听了这话,喜上眉梢,正想开口,吕文德却抢先一步站起,走到贾似道身旁,侧身道:“宣抚,依末将粗浅见识,若蒙古人来犯,不仅鄂州首当其冲,还有一地,也要率先遭难。”

贾似道问道:“将军说的是哪里?”

旁边唐小燕一直不言,此时突然答了一声:“合州。”

吕文德一惊,马上又反应过来,笑道:“唐姑娘真是让末将刮目相看。男人都不一定懂得的事,唐姑娘却总能晓得。”

刘宗申阴阳怪气抢过话头来,道:“那是自然。唐姑娘才智出尘,其他些姑娘家只懂得绣花缝衣,增补家用,把自家丈夫调教得好已是不易,哪懂什么家国大事,与唐姑娘一辈子都是不能比的。”

唐小燕知道他笑话自己孤身一人,虽不打紧,但也颇不服气,回道:“小燕一人也好,两人也好,都好过只当自己是半个人,附在别人身上当块烂肉。”

刘宗申也不生气,又是阴沉一笑,还想再辩,贾似道已听得不耐烦,打断两人,又向吕文德问道:“方才吕将军和小燕所说,蒙古人还要打合州,有几成可能呢?”

吕文德道:"昔日余玠将军镇守川渝,于我有恩。末将在他那里与不少川中将领结交,所以消息还算灵通。唉,可惜余将军也病逝了,不然有他老人家雄威在,我大宋哪里惧他蒙古骑兵。"说罢四人都是一声惋惜,端起茶碗往地面倒了一杯,以慰余玠将军在天之灵。

拜完之后,吕文德又道:"还有一位名将,也是我在川渝的旧交。"

贾似道问:"吕将军说的可是刘整将军?"

吕文德点头道:"不错,正是刘将军,他现在任潼川安抚,眼线也多。刘将军告诉我,蒙哥这一次要亲征合州,还要带上兀良合台、史天泽等人。"

贾似道听得这几个名字,大为惊喜,道:"蒙哥怎么这么不懂用兵?这些人都来了合州,鄂州哪还用得着袁玠?"

吕文德沉吟半晌,摇摇头道:"宣抚,并非如此。蒙哥虽然带了主力来合州,但攻鄂州的想来也不是平凡人等。末将猜测……应该是忽必烈。"

"忽必烈?"刘宗申起身问道:"早有传言,自从忽必烈灭了大理,回去后被他亲哥哥猜疑,封去做了一个劳什子王爷。从那之后,两人便有嫌隙,蒙哥不敢用他打仗,他也乐得清闲,在封地做起了学问。这次来犯,怎么会又让忽必烈独领一路大军?"

吕文德愁眉道:"我听人说,那忽必烈做了一件奇事。他听闻蒙哥要举兵,竟然连夜从漠南赶回漠北,与他哥哥倾诉衷肠一整晚,第二天从帐篷里出来时,蒙哥就与他挽着手了。从此兄弟齐心，再无他意。”

刘宗申忙道：“吕统制不知，忽必烈这奇事是有人帮衬的。”

唐小燕最喜欢这种奇闻轶事，平日也听说过一些，但没有刘宗申这般眼线遍地，便问道：“说的可是刘秉忠和张文谦？”

刘宗申呵呵一笑，装模作样地摇了摇头，道：“非也，刘张二人是为忽必烈出了不少主意，但这次化解他兄弟二人干戈的却是姚枢。”说罢见三人均是疑惑神色，便又缓缓道，“这姚枢也是一名大儒，当年随忽必烈一起前往漠北。蒙哥猜疑忽必烈时，他竟建议忽必烈将妻子和世子都送往和林，在蒙哥眼皮子底下生活，以表忠心。忽必烈哪里舍得，便说不愿，没想到第二天，姚枢又来劝忽必烈自己也回漠北去。忽必烈思考再三，只好从了，让人告诉蒙哥他想回漠北放牧。蒙哥准了之后，两人在和林相见，大宴一晚，忽必烈又依着姚枢让他做的行礼献酒，最后兄弟二人竟相拥而泣。这姚枢不得不说是一位奇人啊。”

贾似道闻言只是摇头，道：“那看来这一仗是非打不可了。这忽必烈身边如此多良才，想必他自己也不是等闲之辈，不知会不会日后也在战场上与他遇见。”

吕文德笑道：“宣抚有刘先生，又有我朝大小将官相助，不用怕他。”

刘宗申听得此言，也赶忙拱手向贾似道道：“师宪与吕统制若要上前线率兵，宗申愿随两位一道破了蒙古军。”

其时已经夕阳西下，昏黄日光洒满整片西湖，那些大船上的红灯笼也渐渐亮起来了。鸟雀离开湖畔，向临安城另一边的树林里飞去。贾似道沉吟一会，摆摆手道:“若真要打，我是非自请去前线不可的。先父教我的那些统兵阵法、临敌之策，我这一生非要用一次不可。而且有吕将军随我前往，我无可惧矣。只是，宗申可留在临安，替我打点府中事务。这一次，我要带小燕同去。”

宝祐六年(1258)秋，蒙古大军进犯大宋边境。没等入冬，入川的先锋军已经攻克四川北部，忽必烈率领的大军也已经攻破汉阳，与鄂州隔江而对。大片领土被蒙古军驻扎所用，大宋子民流离失所。而这一切，让宋廷刚刚从沉睡中反应过来。

赵昀坐在龙椅上，双手扶着两侧，一言不发。丁大全弓着腰站在堂下，已经浑身是汗。偌大朝堂上，除了这君臣二人，就只有吴潜、程元凤和董宋臣三人而已。

皇帝静了很久，终于缓缓开口道:“丁大全，你还有什么可说的?”

丁大全仍不敢起身，汗珠已经顺着面颊滴到地面上，轻声道:“臣有罪。”

“有罪?”皇帝沉声道，“那你说说你有什么罪?”

丁大全内衫都已湿透，此时阵阵发抖，早已不像平日那样飞扬跋扈，哪还敢说一句话，支支吾吾不再言语。皇帝见他如此，冷哼一声道:“丁大全，你身为右丞相，理应成为朕的右臂。没想到你满口胡言，光来诓骗朕吗?”

“臣不敢!”丁大全抬起头来辩驳一声，又低下声道，“臣有罪。”

“丁大全奸诈阴险，绝言路、坏人才、竭民力、误边防，假借陛下的声威钳天下百姓之口，倚仗陛下所赐的爵禄笼天下财路于一己之身。”皇帝随手摊开一本奏折，一字一句向丁大全念道，“丁大全，要不是吴爱卿、程爱卿、贾爱卿三番四次向朕上书，恐怕朕还被你蒙在鼓里。吴潜、程元凤，你们说说，朕该拿丁大全如何？”

吴潜与程元凤立马拱手道：“请皇上重罚。”

皇帝点点头，又慢悠悠对着董宋臣问道：“董卿家认为呢？”

董宋臣不比丁大全轻松多少，也已经是满身冷汗，生怕丁大全此刻供出自己。听到官家发问，硬着头皮说道：“臣认为，也该重罚。”

“三位都认为该重罚，那朕就依了你们。丁大全，你此刻已经不是我大宋右丞相了。下去吧。”

丁大全“喏”了一句，畏畏缩缩向后退出朝堂。

皇帝又道：“程爱卿手上拿的是何物？”

程元凤走了两步，到了朝堂正中刚刚丁大全站的位置，将手上握着的一本卷宗呈于面前，对皇帝道：“皇上，臣近来发现一本上书，是宝祐四年状元写的。此人名叫文天祥，颇见胆识气度，臣特此呈上这封上书，斗胆为皇上引荐。”

皇帝大喜道：“这文天祥写的什么？”

程元凤看了董宋臣一眼，面露难色道：“在堂上说颇有不妥，皇上，臣还是呈与您看吧。”说罢走了两步，将折子递给皇帝。皇帝翻开扫了几页，哈哈一笑，道：“董宋臣，这书可是告你的啊！”

丁大全退出去后，董宋臣惊魂未定，听了这一句话，又是一惊，宁神片刻，问道：“不知文状元所告何事？”

“告的是董卿家谏朕迁都一事。不过朕明白,董卿家是为了安慰朕,这事不予追究。不过从文章看,这人的才气确实过人。程卿家,哪天让他来见朕。”

程元凤想弹劾董宋臣,眼见未能得手,颇有些悻悻,道了一声知晓,便退到一边。见他退下,皇帝便道:“三位卿家可还有事?”

一直未说话的吴潜开口道:“臣还有事要禀。”待皇帝应了,才缓缓道,“听闻消息,贾宣抚和吕统制带兵已经到了合州。”

2. 蒙古大军压境

王坚登上城头,众将早早到了,戎装整肃,贾似道也身披重铠,与一众将官守在一旁。前些日子,蒙哥率军强攻四川,一直未果,只因蜀地天险,易守难攻,又有前朝老臣孟珙、余玠的部署,蒙古铁骑想要长驱直入,也不是那么简单的事。史天泽想到以水军偷袭,在长江中大破宋军,却又遇到了宋廷派来支援的吕文德,被杀尽了精锐,不得已而退兵。钓鱼城得以保全,吕文德也直接成了王坚的副将,此刻就立于城头,望着城下。

天色已明,只听一缕胡笳悠悠忽忽,似从大地深处升起。那胡笳起处,西北山丘之下,无数蒙古包随着山势起伏,一阵肃杀的秋风掠过,营头旌旗猎猎有声。忽听牛皮鼓响声雷动,无数人马从蒙古军大营如潮涌出,在枯黄的茅草间分三队一字排开,每队约有万人。铁马秋风此起彼伏,嘶鸣不已。鼓声略略一歇,忽又响起,只见数千蒙古大军推着巨大云梯,沿坡上行。吕文德瞧见,传下号令,城头千百张强弓巨弩搭在麻石城垛上,投石机盛满大石,系着滚木的绳索也被绷得笔直。

云梯离城墙还有三百来步，蒙古军阵中发出一声喊，云梯移动转疾，逼近城墙。吕文德一挥令旗，箭弩声响，滚木轰鸣，强弩锐箭贯穿皮制的胸甲，飞落的巨石更是将铜盔打得凹陷下去。蒙古军阵血肉横飞，染红青青蔓草。滚木撞翻云梯，将推动云梯的士卒压在下方，哀号声一片。

蒙古军冒矢强攻，久而久之，渐呈溃势。宋军士气大振，一名壮士跃上城头，将“宋”字大旗迎风挥舞，城头士气更为之一振。“咻”的一声，箭影骤闪，那名壮士身上添了个窟窿，旗子脱手坠下，在空中打了个旋儿，跌落在沾满鲜血的荒草间。宋军一时噤声，放眼看去，城下立着一匹黑马，马蹄飞扬，鬃毛贲张，鞍上一名蓝袍将军手挽巨弓，遥指城头。又听“咻”的一声，第二支箭赶到，射透一名发弩的宋军，其势不止，没入他身后同伴的心窝。王坚大惊失色，叫道：“岂有此理，这箭怎么来得……”蓝袍将军所在之处离城头约六七百步，何况以下抑上，射到城头，非得有射出千步的能耐不可，除了合州城头一张十人开的破山弩，寻常的强弩休想射到这个距离。

蓝袍将军三箭发出，催马上前，蒙古军士气一扬，止住溃势，随他前进。王坚见状，号令三军，矢石犹如雨下。蒙古军冒矢而上，两度竖起云梯，均被击退，死者堆积如山，伤者滚地哀号。蓝袍将军时时见机弯弓，箭无虚发。但城头的宋军占了地利，相持半个时辰，蒙古军气势衰弱，纷纷后退。

王坚见状喜道：“蒙古军疲了。”转身高叫道，“伏兵可出！”

远处山坳一声炮响，杀出一彪人马，向蒙古军阵后冲杀过来。一时之间，五千骑兵如风掠出，长矛手居中，弓弩手密布两侧，仿佛锐利刀锋，将蒙古军阵切成两半。原来是向宗道领兵前来。

王坚喜道："向统制好手段。"

话音刚落，忽听一声羊角号划破长空，蒙古军阵忽地变化，势如弯月，居中一部挡住向宗道的锋锐，两翼如苍鹰抱日，急速绕到伏兵身后，顷刻之间竟将伏兵牢牢围住。

城头诸将大惊失色，忽见那蓝袍将军透阵而入，弓如满月，一箭射出，正中向宗道胸前铁甲。那铠甲精铁百锻，坚硬无比，这一箭入肉三分，不足致命。向宗道忍住剧痛，正欲挥军突围，不料一名银甲小将手持银枪，冲入阵中，抢到他的身前。向宗道举枪欲拦，岂料那小将抖出一个极大的枪花，绕着向宗道的枪势，刺中他的面门。向宗道血流满面，栽落马下，转眼间便被乱军踏成一团肉泥。

主将毙命，宋军大乱。蓝袍将军与银甲小将各领一军，一左一右，仿佛两条巨龙来回搅动，宋军阵势荡然无存。蒙古军士气大振，牛皮鼓巨响震天，偌大合州城为之撼动。

王坚见状，疾道："速速出援。"诸将一齐答应。号炮两响，合州城门大开，吕文德披荆斩棘，数千人马俯冲而下。伏兵经此一役，十成去了四成，剩下的六成也如没头苍蝇般到处乱撞，听了这声炮响，纷纷随吕文德冲了过去。吕文德纵马飞驰，左右开弓，连毙数十个蒙古军，重围内外的两支宋军士气振奋，里应外合，将铁桶似的蒙古军阵冲开一个缺口。

宋军将士正在厮杀，忽见又一员年轻将领头戴红盔，亲蹈战阵，先是震惊，继而士气大振。忽听一声断喝："哪里去？"声音中尚有几分稚气，一杆烂银枪如闪电破空，抖起斗大枪花刺来。那年轻将领见银光乱迸，换作他人，势必难挡，可他无比专注，只觉这一刻光阴也似变慢，枪花一朵接着一朵，花中的一点寒星却是清清楚楚。

年轻将领只觉长枪如一条活龙在掌心摇摆，半个身子为之麻痹，抬眼一瞧，来人十七八岁，是个少年将军，因被破了枪势，脸上露出震惊之色。

宋将认出这是刺死向宗道的人，不觉一愣，怎料他拽着长枪，身体未动，坐下的骏马却直向前冲。他本就不善骑马，全凭内力有成之后身轻如燕，勉力驾驭，这时措手不及，竟被颠落马背，重重摔在地上。

少年将军年纪虽小却身经百战，见状一提缰绳，疾疾而来。宋将被摔得浑身疼痛，右手仍是紧抓枪杆不放，忽觉劲风压顶，不及转念，右手探出，竟将一只马蹄握住。那马热流入体，嘶鸣一声，歪倒在地，将那少年将军也颠了下来。

宋将死里逃生，趁势滚开，不料那少年将军也极彪悍，纵是摔倒，依旧紧攥枪尾。两人各拽一端，奋力拧动，可那枪杆极为坚韧，宋将心念一动，忽地松手，少年将军气力落空，踉跄后退，忽觉后颈一热，已被宋将转到身后运劲拿住。忽听少年将军叫道："伯颜大哥救我。"说的是蒙古话，宋将不明其意，蓝袍将军却听得清楚，应声一瞧，失声叫道："阿术。"挥弓挡开吕文德一箭，纵马奔来。吕文德喝道:“胜负未分,便想走么?”

伯颜浓眉一挑,忽以汉话沉声说道:“好,我撤围让你们走,你们放了阿术。”原来他见城中宋军倾巢而出,列阵逼近,吕文德统军有方,箭法又是自己的劲敌,遽然难以击溃。更何况己方大将被擒,再斗下去,难言必胜,于是当机立断,提出如此要求。

吕文德沉吟未决,那年轻将领却似求之不得,忙道:“一言为定。”低头忘去,见那阿术年纪幼小,面容稚嫩,不由得心头暗叹,伸手拍拍他脸,说道,“你一个小娃娃使什么枪,打什么仗,还是乖乖回家放牛去吧!”

他这话原是怜这少年幼小,不忍他在军阵中厮杀送命,落到阿术耳中却是极大的讽刺,一时瞪着年轻将领,双眼似要喷出火来。那年轻将领被他盯得心慌,见伯颜撤围,忙不迭地甩手将他抛开。

阿术翻身跨上一匹战马,驰归本阵,入阵时忽地掉转马头,以汉语向年轻将领叫道:“你叫什么名字?”年轻将领道:“我叫吕文焕。”原来这年轻将领正是吕文德胞弟。

阿术打量他一会儿,又冷哼一声,高声叫道:“我乃蒙古万夫长阿术。姓吕的,来日破城之时,咱们再比一场。”

阿术与伯颜相会,率军退到帅旗之下,见到元帅兀良合台,阿术惭愧道:“阿爹,孩儿无能,竟被对手擒了……”兀良合台面冷如铁,喝道:“来人,拖下去斩了。”伯颜急忙喝止,劝说道:“兀良合台元帅,汉人有句话叫作‘千军易得,一将难求’,阿术往日攻战无敌,很有祖父速不台将军的样子,今日不过小有挫折,如果杀了,岂不寒了众将的心?”

兀良合台原也不忍杀这爱子，此举不过是做给下属瞧瞧，闻言喝退阿术，问伯颜道："我本想这合州容易攻打，没料到城内除了兵马众多，更有如此厉害的人物。伯颜将军，你可有什么法子?"伯颜沉吟道："若是强攻，我军折损必然厉害，莫如封锁要道，围而不攻，待大汗的水陆大军齐至再做定夺。"兀良合台叹了口气，说道："看来只有如此了。"当下勒令收兵，对合州围而不攻。

宋军此战折了向宗道，但相较之下，蒙古军死伤更多，可说略占上风。吕家两名将军一齐回到合州城中，被贾似道和王坚一通赞赏。其后宋军日日夜夜除了守城，就是在城内喝酒庆祝，连合州百姓都欢天喜地高兴不已，好像蒙古人已经退兵败去了一样。过了半月，又是贾似道与王坚在将军府内对饮，突传吕文焕求见。王坚应了一声，吕文焕走了进来，施礼道："贾宣抚，王安抚，蒙古大汗到了。"二人上了城楼，遥见蒙古军旗帜满山遍野，比那日多出了不止一倍，士卒列阵若云，纹丝不动。大江上，艨艟斗舰浩浩荡荡，顺流而下，与宋军水师遥遥相对。城头上百十口巨锅，煮着混了火油的金汁，发出让人窒息的恶臭。巨石滚木堆积若山，城中十余万百姓尽被驱逐，精壮男子上城守卫，妇孺老弱推车牵牛，搬运矢石。

胡笳数声，悠悠飘起，蒙古军发出一声喊，如晴天霹雳，山摇地动。蒙古军水师数百艘小船载着干柴火油，燃起熊熊烈火，顺流而下，向宋军水师冲来，被撞上的大船瞬间迸发出耀眼的火光。吕文德指挥水师一面灭火，一面移开阵形。

史天泽站在船头，眼见宋军分散，大旗一挥。刘整号令水师，借水流之势奔腾直下。吕文德发令，宋军箭如飞蝗，火炮巨响，几艘蒙古军战舰被炸得粉碎，在江心打着转，缓缓沉没，江边蒙古军摆开巨弩飞石，向宋军水师还以颜色。箭来石去，巨声震耳。

半炷香的工夫，双方战船撞在一起。船上士兵东倒西歪，没倒的操起弓箭长枪，在大江上厮杀，鲜血染红江水。

陆上鼓声更急，蒙古军阵盾坚矛锐，大踏步向前进发。前方二十人一队，推着五丈高、半尺厚，裹着牛皮毛毡的挡箭牌，后面则是密密麻麻的强弓硬弩。

王坚发令，箭镞上涂上火油，火箭点燃引信，呼啸声起，向城下倾落。火光伴随着鸣爆在挡箭牌上闪现，裹着烈火的巨木也飞撞挡箭牌上，烧透牛皮毛毡。木板在冲天的烈火中变得焦黑，蒙古军阵中发出凄厉的喊叫。弩炮轰响，往城头打来，巨石、箭头接二连三地撞上城墙，坚固巨城也似摇晃起来。

王坚再传号令，破山弩绞起。这张床弩能将四十斤重的矢石射出千步，需要十余人才能转动。只听闷响声起，十枚巨矢破空而出，烟尘四起，惨叫不断，挡箭牌纷纷破碎。破山弩连发五响，蒙古军阵暴露在宋军弩炮之下，火箭在空中散发出光芒，每闪一次，城下就多了许多号叫滚动的人体，皮肉焦枯的臭味弥漫开来。

蒙古军拼命发箭还击，后方军阵扛着云梯，前仆后继地向上猛冲，终将云梯搭上城头，攀爬登城。城头巨石滚木落下，顷刻间涂上一层血红。百十口巨锅被铁链吊起，哗然倾落，滚烫的金汁落在蒙古士兵身上，烧透铁甲，数不清的士兵惨叫着落下云梯。

近百名蒙古士兵推着撞车直抵城下，不料一锅金汁伴着矢石兜头落下，士兵四散，撞车失去控制，翻倒在地，沾满金汁的巨木被地上的火箭点燃，带着飞旋的火焰，以不可阻挡之势将蒙古军阵冲得七零八落。

眼看蒙古军不支，忽听一阵鼓声密集响起，蒙古军又疯了似的向前冲来。贾似道早已看得疲惫不堪，眼见蒙古军后撤，正松了一口气，不料对方又冲了上来，忙问身边王坚道："怎么回事？"

只见王坚面色苍白，喃喃道："蒙哥到了。"贾似道极目望去，千军万马之中，一面白毛大纛迎风招展，遥遥而来。

四、合州大战

1. 兵临城下

蒙哥停住宝马，遥望城下厮杀，阴沉着脸，一言不发。他正当盛年，须发乌黑，目若晨星，腰背笔直若枪。他那位伟大的祖父给他留下的广袤帝国，也如他一样登峰造极。

怯薛长兀良合台翻身下马，小心地跪伏在他的马前，恭声道："大汗，如此攻打，非长久之计。我军虽有史将军在，但毕竟将士们不熟水战，江上占不着便宜，合州城又占了地利……"话音未落，只听得"嗖"的一声，蒙哥一鞭抽在他的背上，兀良合台不由得窒息。旁边众将也有想发声的，也都不敢再言。

蒙哥冷冷道："我十六岁随拔都汗西征，攻无不克，区区合州城又算什么？想你祖父速不台何等骁勇，身为他的儿孙，居然说出这么没志气的话！"兀良合台只觉羞愧无比，大声道："臣愿率军进攻东门。"

蒙哥也不回答，望着远处道："那着蓝袍的便是伯颜？"兀良合台转头看去，只见伯颜纵马驰骋，每发一箭，城头必然有人倒下，忙道："正是他。"蒙哥淡淡说道："将军骁勇，我要见他。"

兀良合台传下号令，伯颜飞马过来，翻身叩拜。蒙哥喝道："抬起头来。"伯颜抬头，蒙哥双目若电，照在他脸上。伯颜不动声色，安然面对。

二人对视良久，蒙哥忽道："你不怕我？"伯颜恭声道："臣下问心无愧，怕什么？"蒙哥终于露出一丝笑意，淡然道："好个问心无愧。起来吧，神箭将军。"

伯颜一愣，兀良合台笑道："大汗封你呢！"伯颜恍然大悟，蒙哥已赐给自己"神箭"之号。这个称号，只有当年开国名将哲别受过，即是"蒙古第一神箭手"的意思。要知蒙古以骑射平天下，这个称号可说十分了得。

伯颜起身谢过，蒙哥道："你一路南来，攻城破坚，必有不少心得，你认为这城应该如何攻破？"伯颜略一沉吟，道："以微臣之见，莫如不攻。"

蒙哥皱眉道："不攻？说来听听。"伯颜道："大汗也看到了，这合州城规模庞大，兵马众多，宋人精兵强将均会集于此，一味攻打，急切难下。"蒙哥不动声色，只是"唔"了一声。

伯颜续道："臣下以为，如今剑门已破，泸州归我，大可以泸州为根基，步步为营，断去合州陆上救援，而后精兵它向，西破成都，取粮草养我大军。再于大江之上建筑水寨，操练水军，而后水陆并驱，截断宋人水上援军。若能如此，合州粮草断绝，外无援兵，可不战而下。"

蒙哥摇头道:“这是个万全的法子,但耗时太久,不合我蒙古军速战速决的兵法。想当年我军两度西征,纵横万里,前后也不过数年。如果依你的法子,岂不要三年时光才能攻破这个宋国么?”

伯颜本想说:“宋国与西域有所不同。”忽见兀良合台冲自己摇头,不由得住口不语。

蒙哥举头凝视着城下厮杀,默然半晌,忽道:“无论如何,这些宋人伤我好汉无数,待到城破,我要屠尽此城,鸡犬不留。”他的声音缓慢,但沉如闷雷,撼人神魄。伯颜与兀良合台对视一眼,均知他此言一出,已下了屠城之令。

蒙哥顿了顿,喝道:“兀良合台!我再与你三个万人队,与王德臣一起,攻打东门。”蒙哥不像其弟忽必烈热爱汉学。他不喜汉人,大将中除了史天泽,王德臣最受蒙哥赏识。兀良合台迟疑道:“如今哪儿还能调出三个万人队?”

蒙哥笑道:“这个容易,我派一万怯薛歹军给你。”怯薛歹军是蒙古大汗的亲兵,众人听了不禁愣住。兀良合台急道:“那怎么成?”

蒙哥道:“你是怯薛长,怎么不成?”瞧了伯颜一眼,笑道,“神箭将军在此,谁还能伤得了我?”

伯颜听到这话,不由得心潮起伏,拜伏在地。蒙哥也不瞧他,将手一挥,忽地高叫:“擂鼓三通,将号角吹起来!”马腿骨落在牛皮鼓上,响彻天地。三通鼓罢,又长又大的羊角号破空响起,慷慨悲壮之气充塞宇宙。

阿术遥望远处尘土飞扬,心想:“阿爹要攻东门么?东门山势起伏，兵马不易展开，出奇制胜还可，大举进攻反而不易。”

思忖间，东门激战已起，蒙古将士提着刀枪，手挽云梯，开始攻城。东门前山势崎岖，起伏不平，城墙与一座小山间势如峡谷。宋军箭如雨落，蒙古军阵微微出现骚动。

怯薛歹军早年为蒙古各部精锐，追随成吉思汗时骁勇善战、威震四方，后来几经更替，如今多为贵族子弟，虽然精壮无比，但素日拱卫蒙哥，极少亲历战阵，更未攻打过任何城池。如今挨了几下狠的，忽地乱了方寸，将其他两个万人队一起冲溃。一时间，只见三万人乱成一锅稀粥，在峡谷中前拥后挤。兀良合台见状，催马上前，大声吆喝，想要重整阵形。

吕文德见状，请命道：“东门蒙古军已乱，机不可失，末将请出城一战。”王坚知他厉害，又是贾似道亲信，自然应允。

城头号炮声响，东门大开，吕文德率一支骑兵冲出东门。他一马当先，手刃数人，忽见远处铁甲晃动，正是兀良合台。

兀良合台眼见吕文德势如破竹，提刀径直向自己袭来，他也是久经战阵，拍马急闪。哪知吕文德到了中途，突然转向一侧的王德臣而去。兀良合台呼喊不及，王德臣已经被吕文德斩于马下。贾似道在城墙上看到，不禁暗暗称好。

激战一日，渐入黄昏，一轮残阳悠悠沉落。空中罡风怒号，起伏的山峦间人喊马嘶，数十万人在一座无声的城池下舍生忘死，灰黄色的城墙被鲜血染成可怕的红色。

蒙哥一动不动地看着远方，状如一具石雕。一匹快马飞奔而来，马上的传令兵不敢惊动他，停马跪在地上。过了半晌，蒙哥才缓缓道："说！"骑士道："君主，攻城器械已然告罄……兀良合台将军伤了，已下前线，现在营中歇息。"蒙哥不耐烦道："还有呢？"传令兵微一迟疑，低声道："兀良合台将军副将王德臣将军战死了。"

蒙哥长叹一口气，仰望明灭不休的苍穹，忽地闭上了眼睛，缓缓道："传我号令，暂且收兵！"其后一连十余日，蒙哥催动大军，不分昼夜地倾力猛攻。蒙古军死伤惨重，宋军也损失非轻。蒙古人士气渐落，合州城中也家家举孝，人人悲号。但蒙古人越是强悍，城中军民更知城破之日惨不可言，一时人人拼命，皆不落后。

贾似道天天上城督战，满眼血肉横飞，众生哀号，只觉心如刀绞，欲哭无泪。唯有夜里，来到唐小燕居处，方觉温暖安宁。他与唐小燕仍是说些家国大事，但对战争攻伐，均是略过不提。唐小燕只见这异姓兄长整日愁眉不展，自己虽有一身抱负，但毕竟是手无缚鸡之力的弱女子，也难以为其解忧。

又战十日，蒙古大军久攻不克，士气低落。蒙哥无奈，终于采纳伯颜之策，围而不攻，将养士气，并遣养伤中的兀良合台领偏师经略川西，进取川东，剪除合州羽翼。

这一日，宋军守城诸将登上谯楼，观望敌军阵势，但见蒙古军帐满山弥野，均是愁上心来。王坚叹道："蒙哥铁了心要攻克合州，再这么围困月余，城内给养不足，二十万军民如何度日？"吕文德冷哼道："那又如何？到时候就算易子而食、拆骨而炊也要死守城池。"

贾似道隐约听到，回头问道："你说什么？"吕文德忙道："末将说的是就算易子而食、拆骨而炊也要死守合州。想当年唐朝安史之乱，张巡守睢阳城，最后粮草已尽，便杀小妾以饷士卒，最后将城内妇孺老弱都吃尽了，但总算是守足三年，让安史叛军无法并力东向，攻略江南，为大唐保住了一口元气。如今合州之重远胜睢阳，关系我大宋存亡，咱们这些大将，世受国恩，遇此大难，唯死而已。虽说胜不过张公死守睢阳的忠心，但也不能输给他……"

他久为大将，见惯生死，絮絮道来，只觉理所应当，全不觉贾似道面色惨白。这"易子而食、拆骨而炊"的事，贾似道为官许久，不是不曾听闻，也曾在史书上见过，但毕竟上前线督战，这是头一回，只觉难以置信，心想必是古人的夸大之辞。至于张巡杀妾、吞食老弱妇孺的事更是全不可信，每每读及，便自动忽略过去。万不料平日自己亲信的吕文德也动了这个念头，他至此方知史书所载并非虚言，为了一城一地的得失，人们有时真会做出禽兽之举。

2. 夜劫粮草

一时间，贾似道的心中掠过唐小燕曾说过的话，不禁打了个寒战，连忙摇头，将那可怕念头压了下去。

忽听王坚叹道："万不得已，也唯有如吕统制所说了。"王坚平日军规严正，也爱护城民，但毕竟将家国大义摆在最先，此刻也低沉起来。贾似道听他一言，冲口而出："决然不可。"诸将对视一眼，齐齐躬身道："贾大人若有妙计，末将洗耳恭听。"

贾似道哪儿有什么妙计，忽听诸将询问，顿觉焦急，忙苦寻妙计，沉思片刻，双眉一挑，想起昔日父亲教授兵法时，还常与他说三国故事，想到一计，定了定神道："当年刘备拥兵八万，攻取汝南。

曹操率军征讨，屡战不利，便闭营死守，无论刘备如何挑战，只是不理。可他却暗中偷偷派兵断了刘备的粮道，而后趁他缺粮，纵兵进击。刘备大败，这一败，直败到襄阳去了。”

诸将听他说起三国旧事，均感不解。王坚迟疑道：“大人之意，莫不是要断了蒙古军的粮道？”贾似道点头道：“正是。”

贾似道又道：“所谓先下手为强，后下手遭殃。蒙古军围而不攻，无非想让咱们久无粮草，自动投降。但任他如何厉害，也绝料不到我军会以其人之道还治其人之身，反而去断他们的粮道。他们无粮可吃，只有退兵了事。自古用兵，不离‘出奇制胜’四字，蒙古军既然想不到，我们就有取胜的机会。”他这番话说得鞭辟入里，许多将领听来，均是微微颔首。

吕文德忽道：“不瞒大人，这断粮道的主意属下也曾想过，这些日子还派遣川中将领日夜打探。听说因为蜀道艰难，自川外运送粮草十分不便，故而蒙古军就地取食。三日前攻破成都后，蒙古军将川西粮草搜刮殆尽，尽数运来此地囤积，前后约有三批，足供十万大军三月之用。”

王坚发愁道：“如此说来，这断粮之计没法用了。”贾似道望着蒙古军营，皱眉苦思，忽地双目一亮，击掌道：“吕将军，这么说大部分粮草都在蒙古军营中了？”吕文德叹道：“不错。”贾似道点头道：“好，不能断他粮道，我就给他来个‘火烧乌巢’。”诸将无不吃惊，王坚失声道：“如此说来，是要攻入蒙古军营，烧他粮草？”

贾似道正色道：“白日里攻入自不可为，但夜里突袭劫营却未尝不可。”诸将面面相觑。王坚摇头苦笑道：“大人此计虽好，却忽略了一件大事。您瞧，这蒙古包漫山遍野，犹如汪洋大海，又怎么知道屯粮何处。若是不知屯粮何处，就算侥幸闯入营中也势必要费时寻找。到那时，蒙古大军腾出手来，轻易合围，就算有上万精兵、绝世虎将，也是有去无回。”诸将纷纷点头称是。

贾似道成竹在胸，闻言一笑，遥指蒙古军营道：“诸位请看，这些山峦可有树木？”诸将闻言望去，蒙古军营所在童山濯濯、寸草也无，更遑论树木了。

原来，川东多山，林木葱茏，极易隐藏兵马。上次向宗道伏兵山林之中，突袭蒙古军，蒙古军损失惨重，宋军也吸取了教训，而且林木一多，便易火攻。蒙哥来后，采纳众议，令诸军砍伐四周树木，一部分用来搭建营房，剩下的则用来制作攻城器械。如此一举多得的好事，蒙古诸将何乐而不为。合州城下，蒙古大军多达十余万人，真有排山倒海之势，一声令下，四周山林便被伐了个干净。

贾似道隐约猜到蒙古军意图，见众将迷惑，解释道：“当年刘备攻打东吴，扎营山林之中，结果被陆逊火烧连营七十里，败得一塌糊涂。如今的蒙古皇帝比刘备精明多了，砍去山林，防我火攻，所得树木，又用来安营扎寨，打造云梯。”诸将无不点头。

贾似道道：“只可惜他忘了一事。”说到这里，他微微一顿。诸将兴致已起，忙道：“大人英明，愿闻其详。”

贾似道喜上眉梢，摆手正色道：“英明说不上，但我发觉一事，山林既被砍伐殆尽，山中的鸟儿失了依凭，本该绝迹才是。不过，各位也瞧见了，蒙古军营时有鸟雀起落，而且成群结队，数量可观。”

诸将一瞧，蒙古军营上空果然百鸟纷飞，不时起落，王坚惊奇道:“确如大人所说，但不知与粮草有何干系?”贾似道叹道:“王将军还不明白么，这鸟雀起落的地方就是蒙古军屯粮的所在了。”

诸将恍然大悟，纷纷以手拍额，连道自己糊涂。贾似道接着说:“蒙古人嗜食牛羊，但牛羊也需粮草喂养。蒙古皇帝此次亲征，驱逐北方汉人兵马、民夫数十万，这些人都以粟麦为食。以我之见，鸟雀越多，起落越频，那处的粮草便越多。大伙儿只需细心观察，将鸟雀起落处画入图纸，劫营之时，按图索骥，一一烧毁。蒙古军没了粮草，还不退兵吗?”

诸将欣喜不已，纷纷击掌称善。这些大将要么世袭军职，要么科举出身，自小习文练武，不似贾似道熟悉农耕，深知农人疾苦。每至秋收，鸟雀便成大害，成群结队啄食麦粒，村中老幼往往空村而出，敲锣打鼓，整日驱赶，不然必遭莫大损失。贾似道一见蒙古军营上方鸟雀，马上想到这个道理，一举窥破了蒙古军的虚实。

众将欢天喜地，贾似道却皱眉半晌，忽道:“不过，此计许胜不许败，可一不可再。若是一战失败，蒙古军多了提防，将来定然再无机会。不知道哪位将军肯提兵前往?”

此言一出，场中倏地寂然。众将久经沙场，均知此战凶险，这一去无论成败，多半有去无回，一时间尽皆默然。贾似道叹一口气，正要说话，忽听一个嗓音道:“末将愿往。”

贾似道闻声望去，吕文德的胞弟吕文焕昂然出列。王坚沉吟道:“吕将军前日立下奇功，有你统军当然好，只是……”

吕文焕摆手道:“王置制使的心意我已明白，但国家有难，正是我辈武夫效死之时。别说趁夜劫营，就算白昼踹营，吕某有大刀在手，也无退缩之理。"说罢，跪下抱拳沉声道，"请大人应允。"

贾似道虽出良计，但想到战事萧索，又要罔送一条人命，已无心言语，双眼一闭，只挥了挥手，就快步下城去了。

是夜，吕文焕点齐一千人马，带齐硫黄火箭等纵火之物，悄然出城。

众将登楼相送，一时秋风飒飒，掠过城头。天上星月，暗沉沉失了光芒。贾似道心情沉重，凝望蒙古军营，那里星火点点，乍眼一望，竟是璀璨绝伦。

过了约莫一个时辰，蒙古军营灯火渐暗，料是逐部就寝。便在此时，一点星火亮了起来，忽地向上一跃，好像一轮烈日从北方升起。众将呼吸一紧，大气也不敢出。不一会儿，只见蒙古军营中，十几处火头争相冒起，顷刻间火借风势，一发不可收拾。

城头诸将眼见得手，不由得相拥欢呼。贾似道却是心往下沉，极目眺望蒙古军营，一颗心怦怦直跳，似要破胸而出。

火势渐大，蒙古军营中人喊马嘶，闹了小半个时辰，忽见营中匆匆驰出百骑，直奔合州城而来。身后的蒙古骑兵漫山遍野，呼喝怒骂，衔尾紧追。

王坚失声叫道："一千兵马，只剩下百人么？"吕文德紧张得说不出话来，只瞪大眼睛，寻找弟弟身影。忽见当先一人，反身开弓，将数名蒙古骑兵射落马下。他认出是吕文焕，不觉一声欢呼。

追赶的骑兵越来越多，箭如飞蝗，转眼间，吕文焕百余骑又少了一半。吕文德顾不得他人，心神全系在弟弟身上，只见吕文焕越奔越近，借着城头火光，隐约见他盔甲染满鲜血。忽然间，他一勒马，落在众军后面，反身发了数箭，箭无虚发，又射倒了几个追兵。

吕文德不料弟弟当此生死关头尚为同袍断后，急得面无人色，恨不能将自己这两条腿也接在那匹马的身上，当即喝道："打开城门。"

众将一愕，王坚摇头道："不成，蒙古军来得太多，逼得又紧，我若贸然开门，他们必然乘势闯入。"吕文德一瞧，形势果然如此，不由急道："还有法子么?"众将均是低头，心想既已成功，这区区几十人不要也罢。

吕文德不知众人主意，正焦急着，忽听贾似道喝道："放下绳索。"这一下提醒了众人。王坚急忙下令，十多条绳索从城头飞落，此时宋军劫营兵马正好赶到，纷纷自马背跃起，抓住绳索，攀到城头。

吕文焕跳下马来，立在城下，左右开弓，射得蒙古军人仰马翻，来势为之一缓。直到同伴尽数登城，他这才抓住一条绳索向城头攀来。

吕文焕满身是血瘫倒在城头上，吕文德一手搀扶弟弟，一边向贾似道拜道："大人英明，让我这兄弟捡回一条命。"

贾似道也俯下身来看着吕文焕，再看城下火光与疮痍，只是长叹一口气，不知说什么好。

3. 出奇制胜

却说蒙古营中，蒙哥跳下马来，望着地上的焦黑木炭，目光如三冬冰雪，扫过跪在地上的数十名守粮官员。

蒙哥瞧了半晌，忽地龇牙而笑，为首的官员壮起胆子，颤声道："臣……臣下昨夜，还……还巡视了一遍，安排好守卫回营睡觉，刚刚睡着……"

蒙哥不耐烦，五指一张，喝道："全都砍了。"侍卫们刀剑齐下，数十颗头颅滚得满地。蒙哥又回过头，阴沉沉地道，"巡夜的是谁？"

只见一将出列，拜道："末将那不斡失职，唯有一死以谢大汗。"说完，拔出腰间弯刀，引刀割颈，颓然倒地。

蒙哥点头道："此人敢作敢当，不失好汉本色，赐他厚葬。"又向史天泽道，"剩下的粮草能支用几日？"

史天泽拜道："这一次约莫是出了奸细，宋军似乎深知我方屯粮之所，一入营中便拼死冲往该处，我方不及阻拦，是故除了两三处因对方匆忙不及烧毁，多数已遭火劫……"

蒙哥挥手，冷冷道："你们这些汉人官就是啰唆，但说能吃几天便是。"

史天泽额上汗出，忙道："仅够三日之用，且川西粮草均已在此，筹措不及。川东诸城未下，粮草不足，更兼蜀道艰难，后续粮草若要运到，就算不恤牛马，拼死赶路，也当在一个月之后。"

蒙哥皱眉道："三天？"又扫视众将道，"你们说呢？"众将面面相觑，不敢答应。伯颜正要出列，身旁的史天泽忽地伸手，将他拽住。伯颜瞧他一眼，正纳闷着，忽见一将挺身出列。他识得此人名叫安铎，与自己同列马军万夫长，只听安铎朗声道："粮草关系军心士气,如今接济不上,还请大汗回军六盘山,将来再作计较。"

蒙哥一拂袖,不置可否,望着天空喃喃道:"三天? 三天吗?"忽地转头,飞身跨上骏马而去。

伯颜待蒙哥离去,对史天泽埋怨道:"史世侯,你为何拦着我说话?"史天泽叹一口气,将他拉到僻静处,四顾无人,才叹道:"前三朝的大汗史某均见过,说起来如今这位大汗,与前面三代大不相同啊!"

伯颜惊讶道:"如何不同?"史天泽道:"成吉思汗起于微末,亲身攻战,创业艰难,其智略深沉,用兵如神,何时攻、何时守、何时智取、何时力敌,均是了然于胸。这般能耐,放眼百代无人可比。"

伯颜点头道:"那是自然。"史天泽又道:"窝阔台汗是守成之主,性情宽厚,凡事无可无不可,不喜深究。他自己打仗不多,但对帐下名将均能人尽其才。灭金靠的是拖雷大王,西征靠的是拔都大王,故而窝阔台汗虽不亲身征讨,却也能攻必克、战必取,不辱没他父汗的威名。"

伯颜容色一正,拱手道:"史世侯高见,伯颜受教了。"史天泽摆手苦笑道:"贵由汗早逝,建树极少,且不说他。至于这位蒙哥汗,称汗之时,蒙古已历经两朝武功,拓疆数万里,天下马蹄所及,除了南方宋国大多已囊括,国势之强,绝于千古。因之大汗甫入金帐便是盛世天子,只见疆土广大,人民众多,却不知祖上创业之苦。更兼他刚毅勇决,两次西征所向披靡,自负有余。你想想,今日阻于合州城下,他能善罢甘休么?"

伯颜听史天泽评点当今大汗,似乎略有微词,正觉心惊,但听到后面几句，却是默默点头，争辩不得。

史天泽又道：“伯颜将军文武双全、气度恢宏，放在蒙古人中也是人杰，来日无论平定四方还是治理天下，都须仰仗将军的雄才。但如今时不同，则势不同，将军不可贸然出头。”

他说得隐晦，伯颜仍觉不解，还要再问，忽听胡笳声起。二人听出是蒙哥召将之号，不及多言，双双上马赶去。

来到胡笳起处，两人放眼一瞧，大吃一惊，只见大营之前，不知何时搭起了一座高台。蒙哥手持白毛大纛，立身台上，目光如炬。

此时旭日初露，霞光满天，白毛大纛在晨风中猎猎作响，胡笳三声吹罢，十余万蒙古将士齐刷刷立于天地之间，神色肃穆，衣甲鲜明。

蒙哥望了一眼四周，蓦地厉声道：“我们是成吉思汗的子孙吗？”

众军齐声应道：“是！”万人同声，震撼天地。

“成吉思汗的子孙有打不赢的仗吗？”

“没有！”

“有攻不下的城吗？”

“没有！”

蒙哥见众人回答整齐，气势雄壮，不禁问道：“宋人有这样威猛的战士吗？”

“没有！”应答声势如滚雷，长江怒水为之绝流。

蒙哥大声说：“宋军派人烧了我们的粮食，想饿死我们，你们害不害怕？”

众军均愤怒起来，大叫道："不害怕！"

蒙哥点头道："说得好。我们如今还有三天的粮食，三天之中能够击败宋人吗？"

众军纷纷嚷道："能，一定能。"

蒙哥将手一挥，万众无声，只听他说："古时候有个将军，渡过河水，烧了船，砸了锅子，只留了三天干粮，却打败了比他多几十倍的敌人。我的大军比他多上十倍，精锐十倍，三天之内一定能攻破合州，杀他个鸡犬不留，用宋人的血肉填饱我们的肚子。"

这一下，台下将士的士气澎湃到了极点，齐声叫道："对，用宋人的血肉填饱我们的肚子。"

蒙哥从箭囊里取出一支羽箭，单膝跪倒，仰望苍穹，扬声道："我，孛儿只斤·蒙哥，向长生天、向大地、向伟大的祖先发誓，不破合州，便如此箭！"他双手高举，奋力一折，羽箭断成两段。

一时间，蒙古大军寂静如死，唯有山谷幽风卷过将军们帽上的长缨。突然之间，一名蒙古战士跪了下去，随即十余万大军如大海波涛，带起一阵让人窒息的呼啸，从山间到谷底连绵拜倒，齐声高呼："不破合州，便如此箭。"

史天泽跪在地上，满心忧郁，瞧了瞧伯颜，只见他也浓眉紧锁，不觉暗叹了口气。念头还没转完，蒙哥已然站起，扫视众将道："安铎。"安铎迟疑了一下，快步出列。

蒙哥狞笑道："你今早对我说了什么？不妨再说一遍。"

安铎面无血色，涩声道："臣下胡言乱语，罪该万死。"

蒙哥冷笑道："刀斧手！"一名上身赤裸、梳着三塔头的壮汉举着大斧应声走出。

蒙哥一字一顿道："安铎胡言乱语，乱我军心，斩他头颅，祭我大旗。"

安铎不及分辩，已被按倒在地。那壮汉手起斧落，一颗血淋淋的人头滚落在地。祭师托着金盘，盛起头颅，向着苍天高高举起。蒙古大军见了，一片欢呼。

伯颜回望史天泽，面色煞白，忽地低声说道："史大人，救命之德，伯颜终生不忘。"史天泽苦笑一下，摇头叹道："待你这一战留下性命再说这话吧！"

4. 背水一战

贾似道来到议事厅，径自入座，向吕文德道："蒙古军可有异动？"吕文德一怔，说道："大人料敌如神，我等前来，正为此事。蒙古军今晨纷纷建造攻城器具，分至四郊，颇有进攻之势。"

吕文焕摇头道："统制此言差矣，蒙古军粮草已尽，岂有攻城之理？若是一战不利，军中无粮，岂非溃败无疑？"

吕文德道："古人有破釜沉舟之举、背水列阵之势。正所谓'哀兵必胜'，若是蒙古军不顾后果，倾力攻城，可是极难抵挡。"

吕文焕还欲再驳，贾似道已道："吕将军，你兄长说得是，只是不知蒙古军倾力攻城，有几分胜算？"诸将一阵默然，吕文焕沉吟半晌，说道："这个难说，但此时攻城，大违兵家常道。"

吕文德道："水无常形，兵无常势，打仗用兵，又岂有常道？"

贾似道摆手道："二位将军少安毋躁，为今之计，蒙古军攻与不攻倒在其次，当务之急，另有一事。”诸将俱感惊疑，只听贾似道命人取来一支令箭，交与吕文焕道：“吕将军侠肝义胆，故而我特命你持此令箭，率川中诸将巡视全城，但凡有军士强夺民财、欺凌老弱、侮辱妇女者，当场格杀，所斩首级，悬于通衢之地，警示全军。”

吕文焕先是一惊，继而面露喜色，高叫：“大人英明，吕六领命。”

贾似道点头道：“好，快去快回。”吕文焕一跃而起，快步走出厅外。

吕文德大惊失色，急道：“大人，此事万不可行，蒙古军即将攻城，而今临阵斩将，岂不寒了全城守军之心。”

贾似道瞧他一眼，冷冷道：“若不整肃军纪，岂不寒了满城百姓之心？”吕文德一听，支吾难言。

贾似道环视诸将，扬声道：“先圣有言：‘民为重，君为轻，社稷次之’，百姓心有怨言，岂会尽力守城？自古失民心者失天下，何况区区合州城呢？”他本是百姓出身，自然处处为百姓着想。诸将养尊处优惯了，视百姓如牛马猪羊，打起仗来塞沟填壑、生杀予夺，可说无所不为，故而听得这话，无不露出古怪神色。

贾似道顿了顿，又道：“吕统制听令。”吕文德忙道：“属下在。”贾似道道：“传我将令，从此时起，不得驱逐妇孺老幼守城。守城百姓只用十六岁以上、六十岁以下精壮男子，妇孺老幼一概还家。限你半个时辰办好此事。”

他语气平平淡淡，目中却有寒光迸出。吕文德冷汗如雨，答应后慌忙出厅去了。

贾似道又道:“其他人,半个时辰以后,在谯楼前听令。”

已近辰时,金风萧瑟,吹得人心生寒意。贾似道抬头望天,但见天色灰沉沉的,仿佛凝固住了,偌大一片天空,竟无一只飞鸟。

街道上静悄悄的,虽有无数人马往来,却几乎没有什么声音。贾似道马蹄所向,无论军民,皆放下活计,默默让至两旁。贾似道马不停蹄,直至城下,翻身下马,漫步登城,回头望去,身后万众俯首,黑压压一片。

登上城墙,贾似道一番部署,军令如山,诸将各自领命,下城调度人马,前往镇守之地。

部署完后,贾似道又道:“吕文焕负责城中兵马用具补给,吕文德仍然统率水军……”

话音未落,忽听胡笳悠悠,划过苍穹,一声呼啸,响遍四野。众人心中均是一紧:“来了!”

贾似道起身立于塔楼顶端,居高临下,合州城内外一切动静无不尽收眼底。

只见蒙古军阵如一座座移动城池,向着合州城缓缓逼来,阵中枪矛雪亮,铁盾泛着蒙蒙乌光。

蒙古军背水一战,有进无退,蒙哥亲自擂鼓督阵,催动兵马。蒙古军死伤虽众,但士气不衰,如秋天里收割的麦子,割倒一片,还有一片;更如长江惊涛,无休无止地拍打坚城。

时光悄然逝去,转眼已是红日平西,弦月初上。两军燃起熊熊篝火,拼死夜战,合州城固然颠扑不破,蒙古军也毫无退意。

饶是贾似道穷思竭虑，也无法阻止蒙古军踩着尸山血海，渐渐逼近城头。

两方水军也战至紧要关头，战船轰然撞击，六艘宋国大船被蒙古军的楼船拦腰截断。宋国水军纷纷跳船逃命，蒙古军箭如雨下，江水染红一片。

吕文德心如火烧，忽见轻舟破浪而来，吕文德不待轻舟停稳，急将传令兵一把抓住，问道："贾大人怎么说？"

传令兵颤颤巍巍道："吕统制，别急。大人说了，前锋向南退却，边部出阵攻敌。"吕文德略一沉吟，恍然道："吕文德明白了。"

史天泽正率军冲杀，忽见宋军水师纷纷溃退，不由得心中大喜，率水军追杀，逼近合州西门，架起炮弩，轰击北门水栅。刚发两炮，忽听"咔咔"两声，史天泽一抬头，只见城上一座巨弩探出头来。他久在军中，自然识得这破山弩，顿时面无血色，嘶声叫道："全军后撤，全军后撤……"

叫声未歇，轰隆巨响，矢石激射而至，一连六发，蒙古战舰瓦解。宋军水师号炮三响，吕文德精锐杀出，趁敌混乱，五十艘黄鹞战舰冲入蒙古军水师中，纵横往来，冲得蒙古军七零八落。

史天泽抵挡不住，十艘楼船全被吕文德烧毁，史天泽无奈，被迫撤回上游。

水陆连遭惨败，蒙哥暴跳如雷，变了战法，不再四面围攻，只命两个万人队防守两翼，居中聚集六万兵马，轮番进攻北门。一时间，蒙古军如滚滚巨流，向南奔涌。北门宋军死伤无数，麻石的城墙如同一座巨大磨盘，两军在上面来回拉锯，留下无数尸体。

贾似道望着蒙古军的攻势，寻思着：这种战法，有实无虚，若要破这一刀，除非避过刀势，再施反击。略一沉吟，贾似道发令道："布成口袋阵势，随城头缺口移动，瞧见蒙古军，格杀勿论。其他将军率众，全数撤离城头。"

此令一出，宋军诸将无不大惊，吕文焕急登城道："如此一来，合州岂不破了?"

贾似道道："蒙古军全力攻打北门，若是死守，必破无疑，须设法先行泄去他的气势。"吕文焕道："万一……"贾似道截口道："敌我两军鏖战两日，均是强弩之末，蒙哥如今孤注一掷，和我豪赌。既是赌博，岂有必胜之理？狭路相逢，勇者胜。"

话音方落，城上露出一个一百来尺的大口子。蒙古军纷纷登城，但见宋军纷纷后退，正要冲杀，忽见迎面一阵箭雨射来，两侧刀剑长矛蜂拥而至。

蒙哥眼见城破，正觉欢喜，忽见登城士卒纷纷坠落城下，要么被射成刺猬，要么变成无头死尸，不由转喜为怒，喝道："怎么回事?"话音刚落，缺口已被宋军封上。

不一会儿，又见城防出现缺口，蒙古军再度登城，不过须臾，又被弩箭刀枪截杀。如此反复再三，蒙古军损失惨重，死者尽是军中勇士，士气大挫，攻势为之一顿，许多士卒虽至城下，却没了登城的勇气。

贾似道乘机发令，滚木礌石如雨落下。蒙古军死伤惨重，纷纷向后撤退，六个万人队前推后拥，乱成一团。宋军将士见状，气势一壮，齐声呼啸，偌大一座合州城，便如一头洪荒玄龟，披着淋漓鲜血,向着苍茫大江引颈长鸣。

蒙哥连杀败卒,也难挽颓势,情急之下飞驰而出。一干侍臣不及阻拦,他已直透军阵,赶到城下,挥鞭抽打将士。蒙古军见状又纷纷迎着矢石冒死向前。

贾似道见蒙古军溃败之际,士气转盛,微感诧异,凝神细瞧。只见一名蒙古将军身着华铠,痛鞭名马,神威凛凛,一路驰来,身前的蒙古军阵发出惊天动地的大喊。

贾似道一惊,腾地站起,蓄足内力,挥臂喝道:“弩炮伺候。”

机括相交,嘎吱闷响,矢石带着一股疾风向蒙哥射来。蒙哥心头大震,欲纵马闪开,但城头弩炮齐发,又密又急,一枚飞石迎面射来。蒙哥避无可避,只得将缰绳一提,座下名驹被巨石击中,当即毙命。蒙哥被那冲力带出五丈,一个筋斗,倒栽而下,势犹未绝,又滚出五尺方才停下。

这时忽见人影一闪,伯颜赶到,见状肝胆欲裂,勾住马镫,俯身抱起蒙哥向本阵飞奔。

贾似道见状再发号令,弩机引满,矢石呼啸而出。伯颜将随手长刀反手一抡,刀石相击,火星四溅。伯颜虎口迸裂,长刀脱手,一个筋斗栽落马下。但他终究了得,着地两翻,忽又站起,抱着蒙哥发力狂奔,待得第三轮矢石射至,他已远去。

鸣金声响彻合州上空,蒙古军终于如潮水退去。

贾似道凝视渐渐消失的白毛大纛,一阵说不出的疲倦感涌遍全身,不禁叹了口气,举目一望,只见落日残照映得江天如血。

5. 高唱凯歌

贾似道饮完杯中烈酒，看着王坚在下人的搀扶下蹒跚离去，回想这两日的战事，真有隔世之感。

手下众将喝得醉醺醺，不知身在何世。吕文德忽地一拍桌子，高声歌道："怒发冲冠，凭栏处，潇潇雨歇。抬望眼，仰天长啸，壮怀激烈。"

诸将听得精神一振，禁不住齐声和道："三十功名尘与土，八千里路云和月。莫等闲，白了少年头，空悲切。"

"靖康耻，犹未雪。臣子恨，何时灭。"吕文焕踉跄站起，接阕长歌，声若金石，慷慨激烈，"驾长车，踏破贺兰山缺。"

诸将欢然应和："壮志饥餐胡虏肉，笑谈渴饮匈奴血。"气势豪壮，欲吞山河。

唱到这里，堂上一静，众人均望向贾似道。"待从头，收拾旧山河，朝天阙。"这一句自当由他来唱。贾似道微微苦笑，也不作声。

吕文德酒意上涌，举杯大声道："大人此次返回临安，若有用得着吕某的地方，只消一纸文书，吕某必当肝脑涂地，在所不辞。"

贾似道未及答话，吕文焕也叫了起来："哪里话？还叫什么大人？参知政事用兵若神，天纵英明，抵得上十个丁大全！"

大将们纷纷叫道："不错，只需参知政事一声号令，我等便东下临安，横扫两淮，扯了那个丁大全，然后北伐中原，收复旧土……"大厅中一时载歌载舞，喧哗不尽。贾似道望着诸将那一张张欢喜的面孔，不知为何，心中深感寂寞起来。

这轮酒喝至子夜方散。贾似道踱出门外，心思沉重，只想着蒙古军军事如此之刚强，江山边防岌岌可危，忽听有人禀报："唐公子求见。"远处传来悠扬的川江号子，唤醒了沉醉的人。贾似道叹了一声，忽而仰天大笑，将袖一拂，向着来人指的方向走去。

五、鄂州之战

1. 蒙哥暴毙

蒙古军渐渐退尽，人喧马嘶再也听不到了，只余残弓断矛，胡乱抛掷在浸透鲜血的山坡上。贾似道只觉头脑里空空，四周寂静如死，仿佛天地间只剩下他一人。

也不知过了多久，忽听有人道："大人，还有什么号令？"贾似道回过头来，却见吕文焕满头大汗，呆呆立在身后，不觉微微一笑，叹道："传令诸军，收兵回营！"

金帐内外，大将、谋臣、妃子密密麻麻跪了一地。蒙哥躺在毛毡上，身边坐着他最美丽的色目妃子。一名蒙古大夫端着和了羊乳的药膏，在他身上细细涂抹，刚刚涂上，又被鲜血冲开。

忽地阴风惨惨，从帐外呼啸而入，灯火忽明忽暗，缥缈不定。蒙哥微微一震，两眼忽地睁开。大夫吓了一跳，失手将药打翻，乳白色的膏药洒了一地。

蒙哥只觉周身无力，眼前蒙眬，满是人影，张口欲呼，却又无法出声。他似乎看到了乃蛮旧地,那里草原无垠,牛羊如云,斡难河蜿蜒流淌,又仿佛看到原野上,血一样的落日下,骑士们向着西天纵情歌唱,还看到中原大地山峦起伏,烽烟四起……

到了得意处,他从扭伤的脖子里发出"咝咝"笑声。刹那间,眼前的景色又是一变,白骨成山,血流成河,大草原上失烈门对他说的一番话就在耳边。蒙哥不觉一惊,头顶剧痛难忍,眼前一块落石从天而降,越来越大,势如泰山压来。他惊得浑身颤抖,喉间发出凄厉的叫声,只听得众人毛骨悚然,不敢动弹。

良久,蒙哥终于平静下来。一名妃子壮着胆子,探他鼻息,忽地脸色惨变,晕了过去。大夫一惊,伸手摸去,但觉蒙哥面颊冰冷,已无气息。

一时间,帐外寒风更厉,帐内的灯火挣扎数下,终于熄灭了。

严冬腊月,风啸声在长江边不绝于耳。渔船都已不再出行,江面上停泊的都是各类战船,两岸皆然。忽必烈穿着厚实的皮裘,立在汉阳城外一处小山坡上,看着对面宋军船阵,一言不发。江那边的鄂州城在冬日清冷的空气中清晰可见,城头上只有宋旗在凌风中飘扬,巡逻士兵因为严寒,都已经缩到了城墙后面,不愿冒头。一切都似乎静止在那里,只有长江水仍在不断翻滚着,似一条巨大的抖动着的黑色缎带,极有规律地拍打在忽必烈脚下的岩石上。忽必烈叹了一口气,白浊的气息从口中发出,几乎都要凝结成了霜。忽必烈想到一句汉人的诗,不禁念道:"风急天高猿啸哀,渚清沙白鸟飞回。无边落木萧萧下,不尽长江滚滚来。"不待念完整首,就暗笑自己,怎得在军帐外念出此等沉重的诗,于是乎又将蒙古人的烈歌朗声唱了几句,胸中顿生豪气。

却在此时,几只漆黑飞鸟从头顶飞过。忽必烈看了,顿时感到一阵寒意袭来,正想再唱几句,却听得身后有人呼喊自己:"王爷!王爷!我们总算找到你了。"

忽必烈回头向山坡下看去,阿里海牙和刘秉忠正快马向这边赶来。这阿里海牙是由蒙古大将不怜吉推荐到忽必烈身边做侍卫的。忽必烈见他不仅武艺高强,胆略过人,而且又聪明善辩,因此提他做了大将,这次自己领兵来攻鄂州,也将阿里海牙作为得力助手带在身边。眼见阿里海牙纵马近了身前,一个翻身就拜倒在地。忽必烈赶忙上前扶起他道:"阿里海牙,刘先生,你们找我何事?"

刘秉忠马慢,此时才刚刚下马,也赶紧跪拜下来,不发一言。阿里海牙急得满脸通红,支支吾吾,不知从何说起。忽必烈心里一紧,知道事情不妙,双手抓紧阿里海牙的胳膊,忙问道:"阿里海牙,到底何事?"

阿里海牙慢慢开口,道:"王爷,宗王末哥来信,大汗他……大汗他……"未等说完已是泣不成声,再不能言。

忽必烈已经明白发生何事,松开阿里海牙,倒退两步,眼前一黑,险些跌入长江里去。刘秉忠赶忙起身扶住忽必烈,同时听到乌鸦声嘎嘎不止,抬头一看,正有几只在头顶盘旋。

2. 贾似道之忧

长江上一列船队正向东行驶,其中一条大船上正坐着刚刚打了胜仗的贾似道和吕文德、吕文焕，唐小燕跟在贾似道身边，仍旧是一身男儿装扮。虽说眼下刚在合州大胜不久，但贾似道仍是眉头紧锁，面前一盏清茶早已冷了，茶水仍和杯口一般深浅。唐小燕的那一杯茶也被捧在手里，摩挲不止。吕文焕眼里更是没了神采，在合州大宴那晚的气魄早不知去了哪里，坐在船舷边哀声连连。只有吕文德看不过去，强打精神，叫了贾似道一声大人，便要过去劝慰，没想到被唐小燕急忙拉到一边，没好气地问道："你要干什么?"

吕文德被问得一愣，自与贾似道、唐小燕、刘宗申三人在临安结识，又经历了合州战事，深感这姑娘不简单，脑中兵策政道甚至不输贾似道，因此不仅礼让她，更惧她几分。被她这一喝，突然有些不知如何是好，他结巴着说道："这……我见大人心绪低落，想宽慰几句，这毕竟……这毕竟刚打了胜仗不是?"

唐小燕叹一口气，道："你们是打了胜仗不错，可是你想，合州城下，尸骨漫山，他们可打了胜仗?"

吕文德更摸不着头脑，向天一拱手回道："吕某不明白唐姑娘所言。打了胜仗的不是我们，是我大宋，是官家，是生是死，都是振我大宋军威。再说那些尸骨，大半可都是蒙古人的，可怜他们作甚?"

唐小燕知道这人脾性，冷哼一声道："你们兄弟二人是见惯了马革裹尸，不在意了，可师宪与你们不同，他何时看过这等场面?吕将军兄弟二人几岁从军?"

吕文德道："唐姑娘问这个作甚?"

唐小燕道:“只管告诉我便是。”

吕文德略略一算,突然一笑,回道:“真真是不算不知道。吕某自绍定二年在淮东随赵葵将军从军,到现在已整整三十年了。那时候,也就是十五六岁。文焕么,应该也是这个年纪从军的。”

唐小燕点点头道:“那想必十六岁时,将军第一次跟赵将军上沙场,见到刀光剑影,夜里也是久久不能寐吧? 沙场战死之人,难道是该死之人?”

吕文德这才算明白过来,向贾似道那边看了一眼,叹一口气道:“吕某明白了,大人心慈,不忍军旅残酷。可是……”

唐小燕似乎明白吕文德所想,不等他说完,便道:“将军是怕鄂州交战在即,师宪还是消沉模样,难振军威?”

吕文德呵呵一笑,道:“唐姑娘当真聪颖非常。虽说蒙哥是死了,蒙古军应该撤军才是。但眼下看来,忽必烈不顾丧兄之痛,硬要来犯了。鄂州不似合州,有王都统这等将才镇守,须得贾大人来执掌大局。这战船都已经摆好了,要是大人再不振作,可就难办了。”

唐小燕也点点头,道:“将军考虑得不错,但请将军相信,小燕有办法让师宪站到战船船头。但到鄂州前,就不要再烦他心了。”

吕文德心领神会,拱了拱手,道:“唐姑娘我自然信得过,那吕某便不去叨扰贾大人了。”转念又一想,急急走到吕文焕身边,沉声凶道,“贾大人在忧合州苍生,你却在这叹的哪门子气?”

吕文焕回过头来看着兄长,反问道:“你真不急?”

吕文德听得此话,气不打一处来,几欲将这胞弟踹下船去,低声道:“说哪门子丧气话! 你倒说说,有什么可急?”

恰好一阵冷风吹过,吕文焕又是一声哀叹,转而与冬风一起飘散,说道:“我急那鄂州守将不是别人,偏是袁玠。”

在一旁一言不发的贾似道听到这一句终于转身,问了一句:“沿江制置使袁玠?”

吕文焕站起身来,回道:“正是,大人也知晓他吧。”

贾似道却不回答,眼色仍是低沉,转头又看向那大江波涛中去。吕文德听得不得要领,见二人不再说话,急急忙忙向吕文焕道:“这袁玠又是何人? 为何急他? 可是他领兵无方?”

吕文焕道:“这袁玠早先是丁大全的人。”

听到这一句,吕文德心里“咯噔”一下,明白了三四分,但未细想,吕文焕就接着说道:“这人在丁大全手下厮混,染了一身坏毛病,在鄂州从不思沿江发展,两年前鄂州战船有几艘,现在仍是几艘,还横征暴敛,把军饷和民膏吃喝去了大半,简直是大宋的一条蛀虫。领兵? 这等人还有什么领兵之能可谈? 你可知道,忽必烈为何能一个月不到便率大军渡江到了鄂州城下?”

贾似道又一叹气,缓缓说道:“民心向背。”

吕文焕道:“大人英明。当地渔民早就恨透了这狼心狗肺的玩意儿,听得有战事起,哪管得上是汉人还是蒙古人,只管引过江去灭了那袁姓小儿便是。有当地人做向导,忽必烈的大军过江犹如探囊取物一般。我急的就是这袁玠,白白葬送鄂州守城大好形势。唉! 要是当年孟璞玉还在,早把蒙古人赶回草原了。”他一口气说完一大段,又是连连叹气。

吕文德听完却不着急，呵呵一笑，其他几人都瞪视他。吕文德道："众位莫急，既然如六弟所说，当年孟璞玉守得鄂州，那现下贾大人也守得。哪会怕他忽必烈，就连蒙哥都葬身贾大人的计策下了。"原来他听到胞弟提到故将孟珙，便想到借此机会恭维贾似道几句，以缓和气氛。

贾似道听得此言，虽知是吕文德拍马溜须，却也暗自欣喜，把合州城下之事忘了二三，转身道："吕统制言过了。忠襄公不世出之奇才，用兵如有神助，似道哪里比得上他半分。"说完又看着江水愣了愣神，那水面波涛犹如士兵你涌我上，激烈非凡。贾似道脑里似乎已经演练起来鄂州之围如何用兵才好。他看了好一会儿，才又道，"但是似道此次领圣命受圣恩，必要竭尽所能，击退蒙古人才是，至于那袁玠，有二位将军辅助我，便轮不到他说话。"说罢走到船中央去，双手各执吕氏兄弟一手，向护卫甲士道："去热点酒来，助我们三人退敌。"

吕文焕在合州已对贾似道敬仰不已，见他如此，自己也为之一振，与胞兄一起应道："必助参政知事退敌！"只有唐小燕一人在旁冷冷观瞧，面色仍若冰霜。

3. 鄂州之战

鄂州城下，蒙古的营帐遍地十里，营火在冬夜里显得无比温暖。吃过饭的士兵都聚在火堆边取暖。鄂州战事已起月余，虽没有发生大战，但各种冲突天天都有，蒙古士兵已有不少折损。这些人里有的失去了十年好友，也有的失去了手足弟兄，又加上南方的冬天冻得人手脚冰冷，因此更加消沉。这些士兵围坐一起，却不怎么说话，只是低头看着火堆照亮他人的脸。

忽必烈同刘秉忠一起巡营，见到如此景象，满心惆怅，问刘秉忠："先生，大汗阵亡一事已过去许久，我率兵渡江时也气势大盛。现在兵也足粮也足，为何却是如此境地？"

刘秉忠沉吟许久，不知该如何作答。忽必烈看他如此，说："先生只管说吧。"

刘秉忠拱手道："先前渡江时，大家以为是为大汗报仇，而且一路顺畅无阻，自然声势浩大。而今已过月余，在城下生生死死，难免伤感。再说，汉人有言，国不可一日无君，王爷久久不回草原登基，后方便始终没有保障。现下听说有人要扶七王爷阿里不哥继位，海都也对草原虎视眈眈，将士们担心家中安危，自然无心再战。"

刘秉忠还想再说下去，却被忽必烈大手一挥制止道："先生又在劝我回去了。我说过，领命而来就不能无功而返。这鄂州我非得拿下不可，先生可不必再说。"

刘秉忠只得作罢，随着忽必烈继续巡营。忽必烈正走着，忽然听到两名士兵背对着自己耳语不止，便走上前去。两人听到脚步声吓了一跳，回过头来看见忽必烈，齐声道："王爷！"

忽必烈见两人神色可疑，用蒙古语问道："你们二人在说些什么？"

那两名士兵互相对视，不敢言语，刘秉忠道："王爷让你们说，你们说了便是。不敢说出来，难道是些逆反之语？"

一名高瘦士兵马上矢口否认道："不是不是。我们在说，鄂州本来唾手可得，没想到来了个贾似道，居然变成如此局面……"忽必烈听得此言，也是眉头紧锁，往事不免在心头荡开。

一个月前，蒙古军由渔民引导，直接打到鄂州城下，宋军不擅奔袭，抵御不住，再加上袁玠用兵无方，大军几乎溃退，只得退入鄂州城中。蒙古军营几乎扎到城墙根下，忽必烈本以为可以一鼓作气拿下鄂州，没想到此时鄂州城中换了守将，从天而降了一个贾似道，赶走了袁玠，并且主动攻出城来。

忽必烈想起那一日，自己与阿里海牙正率兵围了西门与北门，却不想东方杀出两队人马。为首两将，一人黄甲黑袍，一人白甲白袍，亮闪闪好不威风。忽必烈身边有从合州吃了败仗赶来助阵的部将，一眼便认出两人，向忽必烈道："王爷，那黑袍人便是斩杀王德臣将军的吕文德，白袍人是他胞弟吕文焕。"

忽必烈听得两人名号，知道吕文德厉害，不敢大意，命阿里海牙亲往阻拦，自己仍带兵围住城门。不出片刻，两军人马便已杀至一处，阿里海牙仗着武艺身先士卒，一匹快马掠过，宋军步兵已倒下一片。没想到吕文德命队伍结起绊索，弄得蒙古骑兵无法冲阵施展，乱了阵脚。吕文德手提大刀，向阿里海牙扑来，蒙古军大乱，阿里海牙不敢恋战，急令队伍往后撤了百十来步，又掉头向宋军步兵阵中冲去，一时间僵持不下。

忽必烈眼见阿里海牙吃紧，正想率大军前往援助，却见鄂州城北门洞开，冲出几十骑来。忽必烈熟悉汉人历史，知道三国时期诸葛亮空城会魏军的故事，料想这必是宋人诡计，但又心急想乘虚攻下鄂州，便放声向军中探子叫道："宋人除了吕文德和吕文焕，可还有大将可战？"

探子也在马匹嘶鸣中大声回道："没有了！除了吕氏二将，都是些羸弱之辈，不堪一击！"

忽必烈看了一眼，远处阿里海牙正与吕文德交手，而一旁白甲吕文焕也在排兵布阵，心中思忖道：宋人大将也不过如此，两人也只与阿里海牙战个平手，不知道大将兀良合台、史天泽在合州，怎会栽在这二人手中。又想到自己兄长蒙哥在合州身死，更是面色骤变，心中恨意陡然，便向军中叫道："汉子们，随我攻进鄂州城去！"

霎时间蒙古千骑悍马从高坡上倾泻而下，直向鄂州北门冲去，刚要接近，却不想城里出来第二队人马，足有千人，为首大将又是那白甲白袍，向忽必烈大喝一声："吕文焕来战！"

忽必烈这才知道中计，原来先前与吕文德一起出战的是个"假吕文焕"，直呼上当。但此时马已冲到腿软，不可再退，况且又被宋军夹在中间，忽必烈只得命大军迎战，想着拼个你死我活。不料城墙上又站出一队弓弩手，操着两门弩炮，中间站着一人，没戴头盔，扎着文官发髻，冷冷朝忽必烈看来，不发一言。忽必烈也朝城头上看去，两人对视一眼，便知道此人就是贾似道。贾似道并不言语，将手一挥，弓箭便似飞蝗落下。不一会儿，蒙古军便已不支，不少士兵中箭倒地，无人骑乘的战马向四面奔逃。忽必烈赶紧传令阿里海牙，让他来援。阿里海牙只得弃了吕文德，慌忙向北赶去，又被吕文德追赶了一阵。好不容易来到忽必烈处，两人一起抵御了一阵，便向江边败走了。

想完这些，忽必烈又是一声叹气，知道那士兵说得不错，贾似道确实不是袁玠之流。虽然心中这样想，但不可对士兵这么说，便正声道："贾似道又有何可怕，不出三月，我必将他生擒。"

那高瘦士兵不再言语，另一人则幽幽道："可我听说，那贾似道就是用计害死大汗的……"正说着，突然他抬头看到了忽必烈眼里的寒光，不敢再说，把欲说出口的话生生咽了回去。

忽必烈正欲发作，却被刘秉忠一把拉住衣袖，向他摇了摇头。蒙古人平日不多礼，两个士兵也不知作何表示，只得鞠了一躬，慌慌忙忙向营帐里逃去。忽必烈叹了一声，不再巡营，转身向帅帐走去。进了大帐，他拿了一把弯刀，直插进地里，大喝一声。刘秉忠只得连忙劝他息怒。就在此时，传令兵在帐外求见，忽必烈应了一声，传令兵进来道："王爷，郝经大人上书，说是必须要让王爷看到。"

"郝经？拿上来我看看吧。"说罢用眼扫向刘秉忠，刘秉忠摆手微笑，表示这上书和自己没有关系。

这郝经也是一名儒学大家，师从赵复学习程朱理学。当年忽必烈得到京兆封地时，从六盘山出兵之前，曾广发请帖，邀请北方贤人异士到王府讨论治国安民之道。忽必烈早有刘秉忠、张文谦、姚枢辅佐，众人皆知他尊崇汉家儒学，这一邀，邀来了百十儒生，论辩三天三夜，其中不乏显露才能之人，郝经便是其中一人。

那传令兵呈上书卷，忽必烈展开读了起来。

六、傀儡天子

1. 贾似道回朝

话说忽必烈进攻鄂州，久攻不下，正懊恼之际，刘秉忠前来求见。

刘秉忠拱手道："王爷，这鄂州战事吃紧，已经攻打数月未果，看来战事非一朝一夕能结束。蒙哥大汗已去，但国不可一日无君，我听说蒙古诸宗王正在漠北拥立阿里不哥为大汗。依臣看来，王爷还是尽快抽身，回到漠北平定内乱，再作攻打南宋的计划。"

忽必烈开始惆怅起来，没想到前方战事吃紧，后方又起内乱。忽必烈眉头紧皱，在大帐里走来走去，沉吟片刻道："先生说得在理啊，我又何尝不知道呢。只是就这样撤军，我不甘心啊。"

"臣有一计，不知可行否？"

"先生请讲。"

"虽然鄂州城还没有攻下，但是宋人已经疲惫不已，早已厌战。贾似道屯兵汉阳，虽然手握重兵，但早被我蒙古大军的攻势吓破了胆，暗地里派人前来求和，表示愿意向我蒙古称臣纳币。我们何不趁此机会招降他们呢？”

“先生和我想到一处去了啊，那这件事就交给先生了。”

“臣定不负使命。”

话说贾似道合州大战虽然大获全胜，但是目睹了战争的残酷，已经开始厌倦大动干戈。而且，蒙古大军兵强马壮，来势汹汹，他负责的长江防线也危在旦夕。他深知鄂州的重要，作为臣子，肩负保家卫国的使命，又不得不战。两难之际，有人建议贾似道向蒙古求和，贾似道便派使臣前往忽必烈行营。

最后双方约定：双方划江为界，大宋每年向蒙古奉献银二十万两，绢二十万匹。

贾似道与蒙古私自定下和约后，忽必烈即刻撤兵北上，当蒙古大军过浮桥时，贾似道派刘整率一支军队掩杀过去，短兵相接，蒙古军队无心恋战，所以战斗进行得并不激烈。刘整率部杀死、俘虏蒙古士兵一百七十余人。

贾似道大喜，立即写了一封奏折，大意是蒙古大军已经被我军打败北撤，圣上英明云云。

皇帝赵昀此刻正在临安，与嫔妃们缠绵，终日花天酒地，不知今夕何夕。

一日，皇帝正在房中与阎贵妃嬉闹，左丞相吴潜欣喜万分地求见，皇帝不快地整理好衣服，问道：“丞相如此匆忙，不知有何事？”

吴潜双手捧着贾似道的奏折，一边递给皇帝，一边道：“鄂州大捷，蒙古已撤军。”

皇帝打开奏折一看，心中大喜，道："似道不负重托，保家卫国，是我大宋的功臣啊。"

皇帝看着身旁美丽的阎贵妃，又看看吴潜，问："似道此次退敌有功，朕当如何赏赐啊？"

吴潜见此情形，也不便说些什么，只道："国舅盖世功劳，是该重赏还是加官晋爵还请陛下圣裁。"

吴潜退出房门，忧虑爬上心头，心里总有几分不踏实的感觉。

次日早朝，朝堂之上恢复了往日的生机，鄂州大捷的消息一夜之间传遍全城，可谓是"随风潜入夜，润物细无声"。皇帝满面春风，大声问道："众位爱卿，鄂州大捷，对于有功之臣，你们觉得该如何犒劳？"

一位大臣上前一步，拱手道："贾似道抗贼有功，如今蒙古大军已经北撤，边防战事消停，可宣贾似道回朝，受圣上封赏。"

"众爱卿意下如何？"

朝堂之上，异口同声道："圣上英明，吾皇万岁万岁万万岁。"

"宣似道回朝，即日起程。"

退朝后，钦差拿着圣旨，快马加鞭，一路西行赶到贾似道的住处。贾似道一听是皇上的圣旨，连忙下跪领旨。

次日一早，贾似道便带着唐小燕及家眷，从黄州出发，开拔回朝。四月初的江南，一片翠绿，满园春光，迸发着勃勃生机。贾似道的心情正如眼前的景色一样。

这天，贾似道一行人走到一地，天色已晚，舟车劳顿，打算就地歇息一晚。在前线，战事吃紧，都没睡过几天安稳觉，尤其是少了女人。遥想当年，贾似道也是流连妓场之人。现在，贾似道又开始想女人了。

贾似道身边的随从，似乎看出了主人的心思，便在贾似道耳边悄悄地说了几句，只见贾似道脸上露出笑意。

贾似道怕被人认出自己的身份，便乔装成一个商人，来到当地有名的风月场所——醉月楼。老鸨一看便知是大人物，便笑脸相迎，让姑娘们出来迎客。贾似道选了两个貌美如花的女子，相拥走进房间，一阵嬉戏打闹，便倒在床上亲吻起来。

半夜，一道黑影从窗前闪过，贾似道从梦中惊醒。说时迟那时快，一柄长剑从帐外刺来，贾似道翻身一闪，躲过一剑，大声惊呼："抓刺客！抓刺客！"贾似道的贴身侍卫在门外听见喊声，破门而入，便与黑衣人打斗起来。两个女子被这情景吓得蜷缩在一边，一阵阵地大哭起来。贾似道也早已躲在了角落里。黑衣人与侍卫交手，自知很难占得上风，便借机从窗户逃走。

贾似道被吓出一身冷汗，刺客逃走后，才缓过神来。他心里暗暗思考，这刺客是谁？为什么要来刺杀我？贾似道突然记起一事。当初，他驻军汉阳之时，督师援救鄂州，左丞相吴潜让他迁至黄州，汉阳在长江以南，黄州在江北，靠近前线，当时贾似道就想：这个吴潜莫非是想让我战死沙场？

而且就在贾似道前往黄州的途中，竟然遇到了蒙古士兵，他竟被吓得屁滚尿流，痛哭流涕地说道："我命休矣！我命休矣！"战斗进行得并不激烈，后来他发现遇到的并不是蒙古大军，而是一群老弱病残。但在贾似道看来，这一切都是吴潜有意加害于他。

次日起程时，贾似道更加提高警惕，贴身侍卫寸步不离。等到贾似道到达临安之时，皇帝下诏让文武百官在郊外迎候，这对于臣子来说，是何等的荣耀啊！

2. 独揽大权

皇帝宴请群臣，为贾似道庆功。

贾似道回朝以后，被皇帝视为大宋的英雄，封为宰相，朝堂之上无人敢与其抗争。左丞相吴潜，知道贾似道与自己有过节，便处处显得极为低调，即使是这样，贾似道仍然不罢休。

宰相府内，贾似道正在书房写字，一个漂亮的女子坐在一旁正弹着琵琶。贾似道年轻时可算得上是一位极其风流的人物，经常出入风月之地。

贾似道停笔，喝了一口茶，坐在藤椅上闭目养神，怡然自得，心想着蒙古大军南下，虽然给大宋带来灾难，但是如果不是因为这战争，恐怕他现在也不会平步青云吧！这样说来，他还得感谢这场战争！

现在蒙古内乱，大军撤走了，自己也从前线回到了临安。这里商贾云集，丝毫看不出战争的痕迹。

贾似道睁开眼，看了看弹奏琵琶的女子，脸上露出奸笑。

“你走过来。”贾似道对女子说。

女子抱着琵琶，起身缓步走来，叫了一声：“丞相。”

“来，坐我腿上，给我弹一曲《十面埋伏》。”贾似道说。

“小女子不敢。”女子羞怯地推辞道。

“我的话你敢不听么?”贾似道那狠狠的眼神让人看得心里发毛。

女子只好坐在贾似道的腿上弹奏琵琶,贾似道的手在女子的身上游走。

这时候,唐小燕突然走进来,贾似道心里不觉一惊,从椅子上站起来,女子借机告退。

“师宪,你看看你现在成了什么样子? 现在的贾似道还是合州大战时的那个贾似道吗?”唐小燕看着贾似道问道。

“小妹你误会了,前几月在前线打仗太累了,这不回到临安刚过上太平日子,就放松放松嘛!”贾似道答道。

“太平日子? 这里是太平了,可前线呢? 我大宋子民为了保卫这太平,有多少鲜血洒在疆场? 战争让多少人家破人亡? 你现在在这儿过得安逸,你可想过天下苍生?”

“好啦,小燕,这家国大事是男人们的事,你就不要操心啦!”

唐小燕气愤地摔门而出,留下贾似道独自在书房。

此刻,贾似道正坐在书房里出神,管家走了进来,似乎有事禀报,开口叫了一声老爷,却被贾似道制止住。他似乎正在想着什么,示意管家不要打断他的思路。管家退后两步,站在一旁静候。过了半刻,贾似道脸上又浮现出笑意,睁开眼从椅子上站起来,看到管家正站在一旁,便问道:“有何事?”

“左司谏姜吴德求见。”

“人在哪里?”

“正在大厅等候。”

“快带我去见见。”

管家陪同贾似道来到大厅，姜吴德向贾似道行礼道：“下官拜见丞相。”贾似道热情地上前扶起姜吴德，道：“免礼免礼。”

“丞相召见下官，不知有何事吩咐?”姜吴德一脸茫然地问道。

“其实也无什么特别的事情，只是素闻姜大人在朝中为官正直，敢于直谏，是我大宋不可多得的人才。本相爱才，一直想结交你这样的有志之士。”贾似道说。

“谢丞相抬举，小的也只是拿俸禄办事，混口饭吃而已，还望丞相多多照顾。”

“哈哈，你我二人同朝为官，都是为了黎民百姓，自当相互照顾，齐心协力。”

姜吴德听到贾似道这么说，心里自然是美滋滋的，便溜须拍马起来，道：“丞相在前线与蒙古大军鏖战数月，合州大捷真是大快人心，丞相的功劳可以彪炳千古啊!”

“分内之事，分内之事!”贾似道嘴角浮现出一丝笑意。

当然，这次贾似道把姜吴德叫来还有更为重要的事情，那就是他对左丞相吴潜怀恨在心，一直在寻找机会报复他。但是，作为丞相自己又不便亲自出马，便想通过司谏来弹劾吴潜。所以表面上看似是赏识姜吴德，其实在贾似道心里，他只不过是自己手上的一枚棋子而已。

贾似道问：“左丞相吴潜平日在朝中怎么样?”

姜吴德听出贾似道的意思，加上吴潜平日在朝中为官刚正，得罪了不少人，之前一次吴潜就在朝堂上打压了姜吴德的进言，对此事姜吴德一直都耿耿于怀，便在贾丞相面前数落吴潜：“吴潜身为左丞相，思想却迂腐保守，如今他年事已高，只想着保住自己的晚节，对于朝中之事充耳不闻……”

“那姜大人身为左司谏，为何不启奏圣上啊？”贾似道问。

“丞相有所不知，下官出身微贱，在朝中又没有大树可遮阴，所谓‘明哲保身’，下官也是自身难保啊！”姜吴德道。

“岂有此理！没想到吴潜居然身在高位却不为圣上谋实事，不为天下苍生谋福，而只顾贪图荣华富贵，实乃我大宋的蛀虫！”贾似道义正言辞地说道。

“丞相说得极是！”

“明日早朝你写一封奏折，呈给圣上。”贾似道说。

“可是……”姜吴德心中有所顾虑，两边他都得罪不起啊！可是现在看来，贾似道在朝中的地位日趋稳固，将来肯定是贾似道的天下，所以现在何不提前站好队，为自己的未来谋点福呢？

“可是什么？有我在，朝堂之上你只管说。”贾似道看着姜吴德说道。

“是，丞相！”贾似道的话给了姜吴德不少动力，心里既激动又后怕，这一路仕途走来，他已经明白官场如同战场的道理。更可怕的是，战场上是明枪明箭，还可以躲避，而官场之上，全是看不见的暗箭和硝烟，何时会被人捅一刀也无从知晓。

次日早朝，一封弹劾左丞相吴潜的奏折传到了皇帝的手上。皇帝翻阅了姜吴德的奏章，并没有立即表态，而是先把此事放置一边，商议起其他事来。

话说吴潜，不仅在水利方面建功卓著，而且文采也是小有名气的。这天吴潜在自家府上，看着庭院里的海棠花又开放了，红如胭脂，艳如流霞，一时有了诗意。想到一年前蒙古大汗蒙哥亲率十万军队自六盘山扑向川蜀，连败宋军，但到达合州时，遇到守将王坚的顽强抵抗，蒙古派往招降的使臣也被王坚处死，而且蒙哥也在合州大战中暴毙，这才致使蒙古大军北撤，便在纸上奋笔疾书，写下《海棠春·己未清明对海棠有赋》：

海棠亭午沾疏雨。便一饷、胭脂尽吐。老去惜花心，相对花无语。

羽书万里飞来处。报扫荡、狐嗥兔舞。濯锦古江头，飞景还如许！

吴潜写完词，放下手中的笔，又仔仔细细地看了看刚刚写下的文字，望着窗外，开始惆怅起来。吴潜知道，自己的好日子就要到头了。

一日皇帝召见贾似道和吴潜，道：“二位都是我大宋的功臣，是我大宋的中流砥柱，这里也没有其他人，我们君臣三人敞开心扉谈一谈，朕有一事想听听二位丞相的意见。现在蒙古大军北撤，前线也不那么吃紧了，二位觉得下一步该作何打算？”

“启禀皇上，蒙古大军虽然北撤，那是因为蒙古祸起萧墙，我怕蒙古内乱平息后还会卷土重来，所以老臣认为，我们应该加紧军备，以防万一啊！”吴潜说道。

“蒙古大军北撤，是因为我大宋兵强马壮，大宋军民团结一致，齐心协力，合州一战蒙古大汗蒙哥战死，蒙古人知道我大宋的厉害才退兵的。依我看来，短时间内蒙古不会再动干戈，我们可以派使者到蒙古谈判，休养生息。”贾似道说道。

“贾大人，此言差矣，我大宋的疆土如今还在蒙古的铁骑之下，我们怎么能够偏安一隅而不思进取呢？如果正如贾大人所说的，我大宋兵马强壮，那为什么不趁蒙古内乱之际，一举攻取淮河以北，收复失地呢?”吴潜道。

“君子不乘人之危。我大宋历来讲究的是以德化人，怎么能像蒙古人一样野蛮呢?”贾似道狡辩道。

“好啦，好啦，二位爱卿不要争吵，二位说的都有道理，都是为我大宋着想，殊途同归嘛！”皇帝说。

贾似道对吴潜的一言一行怀恨在心，刚刚自己又落了下风，心里很不爽快。

又过了数日，一天晚上黑衣刺客再次出现，贾似道手臂受伤，但并没伤到性命。贾似道便以此为借口弹劾吴潜，说吴潜对他怀恨在心，接二连三派刺客杀他，就连他驰援鄂州时遇到蒙古士兵的事儿也扯上了。

皇帝知道这样的理由有些牵强，但是他明白，吴潜主张对蒙古用兵，一心想着收回失地；而对皇帝而言，现在自己在临安过得挺悠闲自在的，并没有收回失地的打算，所以将来吴潜有可能会阻碍自己。加上吴潜年事已高，朝中大事应该让年轻的官员们来担当，所以顺水推舟，就罢了吴潜的相位。

吴潜并没有争辩，皇帝还未把“罢相”二字说出口，他就老泪纵横地跪在地上，道：“皇上，臣为大宋鞠躬尽瘁，然而仍有小人弹劾臣，臣年事已高，是应该把位子让出来了，臣请辞左丞相一职，还望皇上恩准。”

皇帝看到吴潜花白的头发，纵横的老泪，有一点于心不忍，便当着文武百官说道：“吴丞相对我大宋忠心耿耿，向来就是群臣的表率，现在既然吴丞相主动提出请辞丞相一职，朕也就准了吧。”

贾似道看到吴潜凄惨的模样，心里痛快极了。吴潜罢相后，贾似道权倾朝野，至此走上权力的巅峰。

吴潜被罢免后，想到了几年前遭受台臣攻击，改任福建安抚使，前往福州道经南昌时所作的一首《满江红·豫章滕王阁》：

万里西风，吹我上、滕王高阁。正槛外、楚山云涨，楚江涛作。

何处征帆木末去，有时野鸟沙边落。近帘钩、暮雨掩空来，今犹昨。

秋渐紧，添离索。天正远，伤漂泊。叹十年心事，休休莫莫。

岁月无多人易老，乾坤虽大愁难著。向黄昏、断送客魂消，城头角。

读罢，不禁悲从中来。吴潜知道，这次到循州凶多吉少，自己死期已近，便与人说：“我命不久矣，我死后，夜里必定会风雷大作。”

这次吴潜被贬谪到循州，本想在此安度晚年，可是谁知道贾似道对他仍然不放心。吴潜前脚刚到循州，贾似道后脚就派自己的心腹刘宗申任循州太守。

"宗申啊，你跟了我这么多年，你说说老夫对你怎么样？"贾似道问刘宗申。

"丞相待我如同兄弟，我感激不尽。如果有机会为丞相效力，就算是赴汤蹈火，我也在所不辞！"刘宗申慷慨陈词。

"现在有一份差事，不知你意下如何？"

"丞相您只管吩咐，我一定照办。"

"不不不，这是升官发财的好差事。老夫派你去循州做太守怎么样？独守一方，有享不尽的荣华富贵。"

"谢丞相，这么好的差事我在所不辞，在所不辞！"

"不过你去了还得给老夫办一件事。"

"什么事？丞相您只管说。"

"吴潜三番五次想置老夫于死地，现在他被贬至循州，想一个人清静，想都别想！"

"丞相是想？"

"杀！"贾似道决绝地说。

吴潜知道刘宗申是贾似道的门客，刘宗申的到任使吴潜有了警觉。吴潜到循州后并不过问朝野之事，便躲在一座寺庙里，终日吃斋念佛，读书写文。

刘宗申到任后，四处寻觅吴潜的下落，终于有了线索。

一日，刘宗申遣人在寺院的井水里投毒，饮此井水的人死去不少。可是吴潜因有了防备,悄悄在自己屋内睡床下掘了一口井,才幸免于难。

刘宗申见吴潜不死,又借设宴之名欲邀请他,被吴潜婉拒。最后,刘宗申硬把宴席设在吴潜住处,派人暗中在饭菜里施了毒,硬逼着吴潜吃下。有道是“龙在沙滩被虾戏,虎落平原被犬欺”,吴潜早已身不由己。

吴潜中毒后,先是双足浮肿,渐至双臂,内侵心脾,全身臃肿,气喘难眠,最后胃衰而亡。

景定三年(1262)五月十八日夜,东山寺上空果然雷声大作,狂风夹着大雨,一代忠贤良臣吴潜端坐屋中与世长辞,结束了他生命中最后一段“悲悲复怨愁,憔悴更憔悴”的岁月。循州百姓闻此噩耗,无不失声痛哭,哀声动地。

贾似道害死吴潜后,又借机诛杀与自己政见不和的官吏,不少忠臣良将死于其毒手。

3. 赵禥即位

贾似道为相期间,大宋王朝偏安于临安的锦绣江山,皇帝赵昀沉迷于酒色,根本就不过问朝中之事,贾似道独揽大权。

景定五年(1264),皇帝病重,一日贾似道前来看望他。皇帝躺在龙榻之上,已经骨瘦如柴,道:“贾爱卿,你去诏求名医进宫,如果能治好朕的病,朕赐予良田、金银财帛,授以高官厚禄。”

贾似道回去后下诏全国,可是数月都无人应征。这年十月,皇帝病故。贾似道拥立太子赵禥继位,第二年改年号为“咸淳”。

话说赵禥年轻，而且智力低于常人水平。继位以后，对贾似道尤其尊敬。贾似道负责理宗的丧葬之事，理宗刚入葬不久，贾似道便不辞而别，赵禥一时找不到丞相，十分着急。

贾似道自有奸计，自从合州大战后，吕文德对贾似道就言听计从，随贾似道回临安后，自然也过上了荣华富贵的生活。这日，贾似道悄悄回来后，召见吕文德。

“拜见大人，不知突然叫小的来有什么急事？”吕文德见到贾似道后一边行礼一边问道。

“使不得，使不得，你我是出生入死的兄弟。”贾似道说。

吕文德听了贾似道的话，心里自然是美滋滋的，嘿嘿地笑着道：“谢过大人。”

“先皇刚入葬不久，大人本该在宫中，怎么回到了府上？”吕文德一脸疑惑地问。

“我召见你来正是为了此事。”

“大人尽管吩咐！”

“你去报蒙古大军南下入侵。”

“现在哪来蒙古大军？”

“你只管照我说的去做就是，我自有安排。”

次日早朝，贾似道并没有上朝，继位不久的赵禥面对着文武百官还有几分紧张，见不到贾似道，心里更加着急。

突然，吕文德向前一步道：“启禀陛下，前方消息来报，蒙古大军正分兵南下入侵。”

一听到蒙古大军南下，皇帝吓得更加不知所措，文武百官面面相觑，朝堂之上一片混乱。

“众爱卿有何见解？快快说来！”

堂上无一人发言。皇帝又道：“快快下诏，请贾丞相入朝。”

贾似道在府上正怡然自得地品茗听曲，接到皇帝召见的消息后，这才得意扬扬地重返朝堂。不久，皇帝便加封贾似道为太师、魏国公，贾似道依旧扬言辞官。

皇帝整日与妃嫔们饮酒作乐，刚继位不久，便夜夜召宫妃陪睡。

“朕封你们为春夏秋冬四夫人，以后批公文的事就交给你们四个啦！”皇帝给予四个最得宠的女人这般权力。同时，他还为贾似道在西湖葛岭修建了精美绝伦的住宅。贾似道大肆淫乱，致使朝政昏暗。

再说北方，蒙哥在合州大战中负伤，不久便暴毙。忽必烈久攻鄂州不下，加上北方内乱，争夺汗位，他在军前召集幕僚商议。郝经建议“断然班师，销祸于未然”，廉希宪也建议“愿速还京，正大位以安天下”。正在此时，贾似道恰好遣使约和，于是双方商定，以长江为界，大宋向蒙古每年纳银二十万两，绢二十万匹。

公元1260年，忽必烈率军抵达燕京，同年五月初五，忽必烈登基成为大汗。经过四年的大战，忽必烈终于夺得蒙古汗位，稳定内部之后，便派兵侵犯大宋四川地区并沿汉江南下，于咸淳四年(1268)包围襄阳，次年又围攻樊城。

七、双城之围

1. 蒙古大举南下

忽必烈坐在大殿之上，巡顾四周，金碧辉煌。燕京已不再是燕京，而今唤作大都，而自己这个大汗却始终改不过口来，总是要刘秉忠和伯颜等人提醒。蒙哥在合州亡故至今，已经五年有余，若是换作这个哥哥来坐这位置，又当如何？那想必这大殿中多的是裘皮弯弓，要少了不少珠宝、木器，而自己做个王爷，悠闲自在，读书打猎，好不快活。想到此，忽必烈一阵伤感，长叹了一口气。

刘秉忠听到忽必烈叹气，也不问为何，只呵呵笑道："大汗可是又想起了什么伤心事？仲谦马上要回大都了，说是今日便到。他可还有一个惊喜要带给大汗。"

忽必烈听到此言，想起一事，马上来了精神，喜道："不错！这惊喜可是郭守敬？"

正在此时，外面就传来禀报之声，又听到张文谦在外哈哈大笑，还有一人在旁低语。刘秉忠笑道："是与不是，大汗一看便知。"

门外走进两人来，各自拜过忽必烈。忽必烈向张文谦道了声好，眼光向另一人扫去。只见这人约莫四十光景，也是儒生模样，眼神灵动非常，头戴黑色纱帽，身披蓝袍，一身衣襟尽是墨色。忽必烈见了，不禁在心里暗暗赞许，正色问道："这位便是若思先生吗？"

那人拜了一拜，毕恭毕敬道："郭守敬见过大汗。大汗威名远扬，早有耳闻，今日一见，果真不同凡响。"

忽必烈摆手道："我威名远播，都是凭着蒙古泱泱大国，浩浩国威，倒不如郭先生有真才实学。早在十年前，我就从你老师刘秉忠、张文谦处听了你的事，早想见你，今日终于得偿所愿。先生懂天文，知水利，修历法，可谓全才。有先生在，我蒙古内政可安啊！"

郭守敬道："郭守敬愧不敢当。微末本领，自当报效国家。"

张文谦见二人客套，便道："守敬，今日便是你报效之时啊。大汗，我与守敬此次来大都，是有些事情要向大汗汇报。"

忽必烈哦了一声，道："有什么事，尽管说来。"

张文谦向郭守敬使了个眼色，郭守敬见老师如此，便开口道："回禀大汗，我前些年在西夏视察河渠水道，发现西夏土地，连连征战不休，水利设施损毁严重，十有八九已不能用。塞北江南不复往日风光，田地荒芜，随处可见，百姓无以为家，流离失所。我花了十个月，沿黄河两岸勘查，绘制地图，想要重新兴修水利。只是若要疏浚旧渠故道，更立闸堰，要花费不少人力物资，西夏兼守唆脱颜根本拿不出那么多来。所以……"

忽必烈打断他道："所以，你这老师就让你到我这里来借些银两?”郭守敬与张文谦都是一拜，忽必烈哈哈笑道：“西夏天灾人祸，我早有耳闻，只是一直不知如何修整才好。今日郭先生向我提及，乃是帮了我一个大忙，郭先生想要什么，从国库中取去便是。只要能治好水利，就算是要我忽必烈去帮忙掘槽，又有何不可?”

郭守敬听他这番话语，顿感敬佩，拱手道：“大汗豪迈，是郭某狭隘了。既然有了大汗许诺，我便可大开手脚了。”

忽必烈点点头，问道：“那郭先生需要多久才能完成?”

郭守敬自信道：“水利地图我都已经绘制完毕，剩下的开挖淤泥，修堤建坝，疏浚河道，一年便可。”

忽必烈喜道：“好！那我便在大都等着郭先生的好消息了。”

郭守敬拜了一拜，正欲离开，忽听忽必烈道：“慢着。那西夏人民风粗犷，不喜管束，若是没有一个都水少监在那，恐怕镇不住他们。”

郭守敬听了，不知是何意思，愣在当场。张文谦赶忙道：“愣着干什么，大汗封你呢！”

郭守敬这才明白过来，忽必烈一言之间，已封自己为都水少监，他赶忙跪拜下来，道了声谢。忽必烈哈哈大笑，命人取来银符一条，黄金千两，授予郭守敬。

2. 吕文焕坚守战局

“将军，程大元已经回京了。”

探子一声禀报打断了吕文焕的思绪，他此时正想着在鄂州时与贾似道、吕文德击退忽必烈的那一战。吕文焕来到襄阳已经半月有余，先前守将程大元迟迟不愿离去，吵着闹着要向朝廷申冤。吕文焕在军中严整惯了，手下都是些精兵良将，恪守军规，但偏偏对于泼皮无赖毫无办法。诏书早已在自己手上，守城事宜众多，已忙得不可开交。多说无益，只能任由他去了。这时听人通报说他离开了襄阳，心头一个大包袱总算落地。

挥手屏退了身边士兵，吕文焕又向襄阳城下看去。城外十里地开外，到处都是蒙古人设置的栈楼堡垒。去年自己哥哥吕文德不知为何同意了蒙古人在襄阳城外设立榷场，但榷场是假，隔断兵粮用道才是真，这样一来，除了水路，襄、樊两城几乎断了粮草输入。如今，蒙古人又在樊城西边建了新城，在百丈山、虎头山上筑成防线，让陆上援军也难以到达。而且今日看下去，蒙古军队的阵仗与往日又多少有些许不同，眼见着人数越来越多，已由一开始的百十来人，变成了几十个百人队伍。吕文焕知道，蒙古人已经开始整顿军队，准备强攻了。

吕文焕又将亲兵招到身边，问道："援军可有动向?"

那士兵支支吾吾道："夏贵将军领一路军，但……已于虎尾州大败而退。"

吕文焕也不惊讶，又问道："可还有其他人?"

"还有范文虎范将军，正在调集各路兵丁，不日便前来驰援。"

吕文焕听到"范文虎"三字，已是满脸愁容。李庭芝、张世杰，朝廷哪一个不好派，偏偏派来他这个软脚虎。襄阳城破的样子，似乎已经提前出现在了吕文焕脑中。突然他心中闪过一张面孔，想起当日那人在合州显奇能，大胜之后的豪迈之语，又想到那人在鄂州用兵如神大败忽必烈。唉，如今只是一个贾平章了。却又听到亲兵道：“将军，还有一事。”

“什么事，说吧。”

“探子来报，蒙古大军不日就要到城外营帐了，看阵势，该有不下五万人马。”

吕文焕听得这个数字，急忙问道：“探子可探到蒙古大将都有谁？”

“打头的，一个是刘整，还有一个蒙古人，叫阿术。”

阿术感到一阵寒风吹来，渗进自己肌肤。如今才刚刚入秋，襄阳城外的天气就如此令人不舒服了。转头一看，身边的阿老瓦丁伏在马背上，也是一阵瑟缩。

阿老瓦丁沉声不语，阿术见状问道：“智者可是有什么困难？若是造这回回大炮还需要什么，尽管说来便是，蒙古幅员辽阔，想必没什么不能找来给智者用的。”说完满是得意神色。

这阿老瓦丁是来自回回的智者，由阿里海牙向忽必烈推荐，特来帮助蒙古军破城。忽必烈和阿里海牙等一众人自鄂州之战以来，一直忌惮宋人的城防。特别是襄阳，先有孟珙在此重兵防守，多次加固城墙，开发粮草通道，设立军械库。后又有高达在此固守，襄、樊两城兵精粮足，易守难攻。几次强攻不成之后，蒙古众将领都想不出什么可行的办法，只有阿老瓦丁提出造一门回回大炮，用来轰击襄、樊两城的城防。但此刻阿术却见阿老瓦丁神色惨淡，以为他也想不出什么造大炮的办法。

阿老瓦丁叹一口气，道："阿术将军，阿老瓦丁缺的倒不是物事，而是缺个人。忽必烈汗宣我来时，我知道有一个汉人郭守敬在此，必能助我良多。没想到来时才知道，郭先生外出巡游去了。"

阿术闻言，哈哈一笑道："我以为智者要什么呢。要个聪明人嘛，除了大汗偏爱的郭守敬，我倒是也有一个。这人名叫亦思马因，生于回回，长于蒙古，又熟悉汉人文化，算术天文机械制造，也没有他不明白的。"

阿老瓦丁一听，忙问道："此奇人在哪？"

阿术笑笑道："就在前方！"

两人拍马向前，只见一消瘦男子站在大营角落，举目望着浩荡汉水。那条汉水贯通南北，江面上成千上万的宋军战舰，排列整齐。两座城池隔着汉水而立，高筑的城墙几乎要耸入云端，威严肃穆。阿术扬起手中马鞭，遥指前方，叹了一口气，对身边的阿老瓦丁道："攻不下的襄阳城。"

消瘦男子听到身后声音，先是一惊，随后回过头来看见阿术，毕恭毕敬地叫了一声："将军。"

阿术笑着对他一挥手，然后转身对身边的阿老瓦丁介绍道："这便是我说的聪明人，他叫亦思马因。"

阿老瓦丁见这个年轻人眉宇间神采飞扬，料到必然不是个寻常人，不免打量着他，连连点头。亦思马因疑惑地望向阿术，阿术笑笑对他解释道："亦思马因，这是回回来的智者，阿老瓦丁。他正在为我们造一门回回炮，有了这门大炮，这襄阳再难攻，也是我阿术的囊中之物了。不错吧，智者？"

阿老瓦丁含笑点头，亦思马因却面无表情，仿佛什么也没听到一样。阿术见亦思马因毫无反应，便又追问阿老瓦丁道："那这回回炮要几日才能建成呢？"

阿老瓦丁回应道："将军，这回回炮工序复杂，需要耗费的人力物力都非常巨大，并不像寻常炮车那样，几日便可完成。"

阿术不免惊讶道："智者这么说，我更想看看这精妙武器到底是怎么一回事了。几日不成，几月也可。我和阿里海牙便在襄阳城下饮酒吃肉，待得这大炮建成，拿下襄、樊也将易如反掌吧？"

阿老瓦丁面露难色，慢慢说道："将军，莫怪阿老瓦丁我无能，只是这炮车几月也建不出来，非要几年不可。"

阿术大惊，面色骤然一变，道："怎会要上几年？难不成智者是要建一整座城出来？难不成是要立起一座摘星塔，上那九霄去摘星星？"

阿老瓦丁道："我与大汗、阿里海牙将军都说过此事，没想到阿术将军并不知晓其中缘由，也是怪阿老瓦丁办事不力。这回回炮的图纸原是由我老师的老师所绘，绘制的缘由只是为了求解数学算法和机械制造的原理。他自己也知晓这炮威力太大，怕害了一方百姓，晚年便又将图纸给毁了。我和我的老师也只知道回回炮的一点皮毛，却不知道具体的制造方法。大汗召见我之后，我便日夜想办法重新绘制此图，却总是不得要领，已然堆了一屋子的废纸。想要造回回炮出来，我非得先将正确的图纸画出来不可。不过将军放心便是，若这位亦思马因真如你说的那般聪明，有他协助，必能早日画出有用的图纸来。"

阿术听他说的这般模糊不定，正要再追问几句，却听到一旁的亦思马因沉声说道："不用大炮。"

阿术不解地问道："你说什么？"

亦思马因背向两人，面朝襄、樊两城，说了一声："不用造回回大炮。"

阿术知道此人一向少言语，便自己补充道："亦思马因，你是说不用造回回大炮，你就有办法攻破襄阳吗？"

亦思马因点点头，指着远处山脉，道："那一处"，又指向另一处汉水旁商贾小舟云集之处，道："还有那一处。取下这两处，襄阳的援军可阻。"

阿术随着他指的方向看过去，一处是大洪山脉南境，另一处是仙人渡镇，突然朗声哈哈大笑道："没想到亦思马因你不仅懂得天文算数，还晓得兵法。你指的那两处乃是南境和仙人渡，前些日与伯颜元帅讨论战事时，正说让我去夺了下来，没想到被你一眼就看出来了。不错不错！"

阿术是个雷厉风行的人，说罢便拍马向大营中奔去，边走边笑。剩下阿老瓦丁在原地愤恨不已，阿术刚一离开两人视线，亦思马因也欲离开。阿老瓦丁见这人如此不懂礼数，向亦思马因急急吼道："你给我站住！"

亦思马因随即一愣，停下来，也不说话，静静看着阿老瓦丁，似乎在等他说下去。阿老瓦丁气不过，脸色已经通红，斥道："你为什么看不起人？"

亦思马因年少聪颖，在优渥环境中长大，虽然习得汉人的礼法教义，但从不遵守，也不懂得照顾他人情绪，只管自己快活。此时听到阿老瓦丁对自己发火，却不知自己哪里说错做错，奇怪道："我哪里看不起人？"

阿老瓦丁听了此言更觉气愤，怒道："你看不起我的先师，看不起我们回回人建造的回回炮。我倒要看看，你不用回回炮却有什么真本领能立刻攻下襄阳城。"

亦思马因这才明白过来，但仍不觉有愧，便冷冷道："我没有办法攻下襄阳城，宋人奸猾，襄阳城大，没有数年不能破。但我也没有说回回炮无用，我只是不相信你能造出那样的武器。"

阿老瓦丁道："你说造不出便造不出吗？我的先师画出图纸，此言非虚，我和我的老师都曾亲眼见过。阿术大人说你聪颖，我看未必。我来问你，你可懂得占星？你可知道几何学？你又晓得沙盘演算吗？"

亦思马因从小学习算术、天文和机关术数，却从未听过几何学和沙盘。他向来最爱学习新鲜事物，听到这些，几乎要忘了阿老瓦丁正在生气，急忙问道："这些都是什么？可都是高深学识？"

阿老瓦丁被他问得一哽，慢慢回道："你不知道了吧，这些都是回回智者精通的学问。占星可以预知一个人的命运，几何可以用于建筑房屋，沙盘演算乃是求解算术最方便的技法。亦思马因，以你的无知，这世界上还多得是你不明白的事情。"

亦思马因听了不禁啧啧称奇，问道："可是这些又与造不造得出回回大炮有何干系呢？"阿老瓦丁刚刚因为占得上风，快要消气，却又被激怒，吼道："好你个亦思马因。我要代表回回智慧，与你比赛，你可敢？”

亦思马因道：“怎么不敢，我与你比。比什么？”

阿老瓦丁冷笑一声，走到一边，用脚画了一个四方，又在四方里画了一条蜿蜒的曲线，道：“既然阿术将军赞你懂得军事，那我们便来比赛军事。这边是襄、樊战地与汉水，你我取些石头，在这沙盘中推演，看看战事究竟如何发展。”

亦思马因觉得有趣，一口答应下来，马上便转过头去寻找可用的石块。阿老瓦丁也去找了起来。不一会儿，两人已按照蒙古军、宋军的阵仗，将石块摆好。阿老瓦丁扮作蒙古军，亦思马因扮作宋军。两人你动一子，我动一子，就像下棋一样。阿老瓦丁偶尔抬起头来，只见亦思马因沉醉其中，根本听不见任何风吹草动，不禁一笑。他在回回时，就是爱才之人，常常教些简单的知识给小孩子。此时见到亦思马因当真聪慧，而且如同小孩心性一般质朴，当世少见，之前的怒气已然完全消散。两人你来我往，一直演算到太阳下山，阿老瓦丁在沙盘里切断亦思马因水路，率兵围困，亦思马因也有办法解围，再行突击。天色已然看不太清楚，阿老瓦丁站了起来，道：“不比了，这一局便算平了如何？”

亦思马因在地上沉吟良久，缓缓道：“不可算平。”

阿老瓦丁疑道：“哦？那你觉得谁赢了。”

亦思马因道：“我赢了。”

阿老瓦丁正眼又看了沙盘一次，道：“我已围住了襄、樊两城，破城迟早之事，怎么能算是你赢了？”

亦思马因正色道：“真是迟早之事吗？我心中计算过，我们推演了四个时辰，若是你我二人作为大帅真在打仗，恐怕这一仗已打了二十年了。”

阿老瓦丁听了这话，大为吃惊，细细一想，不觉神色黯然，道：“你说得没错，这一仗真是我输了。”心中想到蒙古军队若真的在此耗费二十年而不破城，恐怕早已退兵从长计议了。

亦思马因又道：“沙盘虽是你输了，可打仗却是我输了。”

阿老瓦丁知道他所说的便是蒙古不能破城之事，不免叹了一口气，仰天问道：“真的要输吗？”

亦思马因终于从地上站起来，不再看那沙盘，向阿老瓦丁正色道：“看来，这回回大炮非造不可了。”

3. 奇袭仙人渡

自那日之后，阿老瓦丁在大营中每日约见亦思马因，与亦思马因研究算术、几何，共商绘制回回炮制造图之事。这两人都痴迷于学识，从无藏私之心。

绘制图纸之余，亦思马因忍不住向阿老瓦丁讨教回回占星术，方才知道回回占星术便是西方世界的天文之术，源自一个名叫希腊的地方。占星术士们提出天人合一论，将天上各个星体有序排列，称为“宇宙”。他们从这些星星的运动中找出规律，用来解释世间万物的变化和个人的命运。

阿老瓦丁说到这里，沉默了许久，方才说道：“蒙古人逐渐强大起来之后，我们的阿拔斯王朝被旭烈兀大汗灭亡。先师为了将回回人的智慧传承下去，在战乱中颠沛流离。旭烈兀大汗统一了回回之后，虽然尊重先师，却不让先师安心研究学问，而是让他用占星术来推断自己的祸福，要他造出攻城利器，去用来继续西征其他的国家。先师也是出于这一点，迫于无奈毁掉了回回炮的图纸。”他说到这里，长叹道，“事到如今，我来到荆湖制造回回大炮，也不知道是对是错。让先师知道了，可会责怪于我？”

亦思马因不擅长与人打交道，但这几日相处，早已把阿老瓦丁当作推心置腹的朋友，正想着如何开导他，还未开口，忽听帐外兵器声声响动，阿术的亲兵钻进帐来。阿老瓦丁见状忙问道：“出什么事了吗？”亲兵回道：“阿术大人要去奇袭仙人渡了，让亦思马因大人也去看。”亦思马因颔首起身，阿老瓦丁说道：“我也跟你一起去！”亦思马因看了一眼亲兵，点头道好，两人一同走出帐外。

襄阳城西北，一队蒙古骑兵列好阵势，旌旗在江风里招展开来。阿术看着亦思马因道：“亦思马因，前些日子你说得不错，这仙人渡真是取这襄阳重要的一关。可惜他们宋人里没人如你一般聪明，你看这仙人渡，都是商贾船只，没有重兵把守，若我冲过去，不过一眨眼的工夫，仙人渡便是蒙古的了。”

亦思马因听了也不表态，只是点点头。阿老瓦丁问道：“不是说还有一处南境吗？”

阿术点头道：“不错，阿里海牙去取南境了。阿老瓦丁、亦思马因，你们就在这里看我们得胜归来吧。”

阿术立马在军前，将手中兵刃一挥，军中擂起鼓来。这鼓声急快，不出一会儿，军中已是群情激奋。一通鼓未完，骑兵已经飞奔出去。仙人渡的宋军守将听得此声，急忙唤人从水路去襄、樊求援。还未来得及疏散商贾船只，蒙古人早已杀到眼前。阿术手执长枪，几乎一枪一个，以全身之力将宋军士兵挑起，再抛入人群。宋军在此处守备薄弱，多是老弱病残的士兵，见到阿术如此气势，早已吓得走不动路，还未来得及穿上铠甲，就死的死伤的伤，还有一些落水而逃，和百姓们混作一团。

不过一瞬，阿术就拿下仙人渡，切断了襄、樊水路补给的一处要地。阿术清点了一下手下，只折了不到十人。等到手下士兵将宋人俘虏尽数绑完，阿术找来一个亲兵，问道："南境那边如何了？"

亲兵如实回答道："南境要地，守兵颇众，阿里海牙将军还未传来消息，但想必也快了。"

阿术道了一声好，便听得喊声震天。原来刚才求援的人已经到了樊城。阿术调集队伍，留了一小拨人在仙人渡善后，马上沿着汉水向东冲了过去。蒙古骑兵何等迅速，不一会儿便见到宋军从樊城中出来。阿术号令队伍分成两列，一列由土土哈领队，一队由自己亲率，分别向宋军的两肋奔去。宋军也不是一盘散沙，见蒙古人如此来袭，便严阵以待，摆出一个方阵，不再前进。

阿术带人逼近宋军，只见到为首的是一名白甲将领，身形颇为熟悉。几年前的旧事又浮上心头，阿术不禁大喜，喝道："是他！果然是他！"随即大笑起来。身后士兵都不知道统帅在笑什么，以为是他胜券在握，便又壮了几分胆量，一众人大喝着向宋军奔去。土土哈那一列也不落后，两队人马像是比赛一般，越来越快，毫无收势。

那白甲将军正是吕文焕。他听闻仙人渡被破后急忙来援，却不想蒙古人已经沿着江水杀到了樊城下。蒙古骑兵分成两列，一列领兵的是个色目人，另一列的将军不是别人，正是几年前的那个莽撞汉子——阿术。吕文焕早已听闻，兀良合台卸了帅印，忽必烈将他的儿子封为平章。这次来犯襄阳城，除了有伯颜、史天泽镇守荆湖作总指挥，大军统帅就是阿术。没想到八年不见，这人已经褪去了一身稚气，成了一名三军统帅。吕文焕这一瞧，早已忘了八年前的约定，只知道阿术领兵有方，也知道蒙古骑兵作战勇猛，不敢怠慢，急忙让人列阵防守两侧。

阿术这边心情却截然不同，见了吕文焕威风模样，霎时间想到了合州城下两人斗了百十来回合的场景。阿术年轻时在蒙古草原威猛无比，就连阿里海牙都斗他不过，没想到在合州城遇到如此对手，虽然没占得半点上风，却是牢牢记住了这个宋人小将。八年一晃，又在此遇上他，只想着当年约好的来日再战。什么父亲嘱托的灭宋之事，什么合州城下蒙哥身死，此时一并抛在脑后，只想再现八年前的风光。他正想着，就朝另一侧喊道："土土哈听令！令全队停下！"

土土哈以为听错，再加上马蹄声盖住了人声，仍旧往前冲了一截，却又听到："土土哈！快给我停下！"土土哈这一回听得真切，不敢再怠慢，急忙招手挥鞭令骑兵停下。蒙古人向来擅长骑射，在大草原上最能施展开的战术就是骑射和驭马冲杀。骑兵最大的优势就是以马匹的速度冲散对方的阵型，再各个击破，所以离得越近时，越要一鼓作气一战到底。然而此刻阿术和土土哈却号令骑兵骤然停下，士兵们惊愕中纷纷使尽全身力气去拽缰绳。阿术和土土哈力大无比，能征善战，所以一口气就勒马停在原地，而士兵们多的是不如他们的，一时间马匹嘶鸣声四起，人仰马翻，马匹踩踏，惊叫声不断。宋军听不懂阿术说的蒙古话，只看到蒙古人自己乱作一团，不知道发生了何事，丝毫不敢松懈，仍旧是紧握着盾牌兵刃，稳立当场。土土哈更是摸不清头绪，看向阿术那边，只见阿术从亲兵手中接过一把弯弓一桶羽箭，挂在背上，又提起银枪，单枪匹马走出军阵，大喝一声："吕文焕！你还记得本将吗？"

吕文焕本以为要来一场恶战，已经做足万全准备，牵好马索，正要迎击蒙古军，没想到阿术竟来了这么一出。他定了定神，也在军中大喝道："阿术将军，别来无恙！"

阿术哈哈大笑，道："本将好得很，只是记得八年前与你立下的约定，时常在大漠操练本领，想再与你一战。想必吕将军的身手也是精进了不少吧！"

吕文焕听出了阿术的来意，不想他为了与自己一战，竟然这般劳损自己军队。一时间想起当年合州战事，与阿术、伯颜于飞矢走石中交手，与贾似道、吕文德豪气而饮，顿时气血上涌，刚要答应，又觉不妥，沉吟一刻，道："阿术将军与我有何约定，吕某怎么不记得了？"原来他见阿术如此莽撞，便想借机挫挫他的锐气，也让蒙古士兵心中怨愤。

阿术一听，大怒道："怎么不记得！当初在合州城下，我与你一战，不下百回合，最后你我跌落马下，被我找了个破绽，便不杀你，与你定下再战之约，怎么会不记得！我又听说你在鄂州与阿里海牙交手不落下风，让我颇为高兴。想到有如此对手，真是人生一大乐事！来来来，我倒要看看吕文焕如今究竟是何等人物！”阿术故意说自己得胜，想激怒吕文焕，又借阿里海牙把吕文焕褒奖了一番，没想到吕文焕全然冷热不吃，缓缓笑道：“阿术将军几年未见，怎的还是如此儿戏。当日与你战至百回合是没错，阿术将军威风，吕文焕甘拜下风。但那时我们都是军中从将、偏将，打赢打输，都只是助推一方威风、杀灭一方士气的事情而已。而如今，阿术将军已不是父亲麾下的打闹孩童了，我吕文焕也是襄阳守将，怎能单枪匹马再战。你我若是江湖草莽汉，我必奉陪到底。但我们都身在军中，阿术将军，身不由己啊！”

吕文焕说完，见阿术怒目圆睁，还想再骂，却见一蒙古传令兵快马而来，在阿术身边耳语了几句。阿术点点头，向宋军营中喊道：“吕文焕，我原本以为宋人也不全是像那夏贵、袁玠之流的贪生怕死之徒，至少有你这样骁勇之人。不想今日再见，你与那些苟且之辈也没甚两样了。吕文焕，我阿术约你择日再战。再见之日，便不算你我恩怨，乃是要看看，究竟是我大草原的雄鹰更加英勇，还是你江南水乡的鸟雀更会叫唤！”说罢哈哈大笑，土土哈和蒙古兵们也跟着笑了起来。

吕文焕本就不像蒙古人一般洒脱豪放，不善用言语造势，此刻看到阿术正要鸣金收兵，便不再去纠缠，自己暗暗吃了一亏。阿术刚走，亲兵就到了跟前，向他报道：“吕将军，大洪山南境失守了，来袭的是那阿里海牙。”

吕文焕点点头，道：“果然不出我所料。收兵回城吧，蒙古人不日便要来了，这一场水战，怕是难守了。”

4. 血染江心台

“江心台?”阿里海牙惊奇道。

此时蒙古军中大帐里,阿术、阿里海牙、史天泽、刘整、张弘范正在商议围城手段。阿术前些日子攻下仙人渡和南境,以阻隔襄、樊二城西面援军。忽必烈大汗又从北方调军前来荆湖支援,襄阳城外蒙古驻军已有八万人,水陆两军分别归由史天泽与阿术统领。阿里海牙提议马上从西面围攻襄阳,把地面围个水泄不通,困它个三五月、一两载,总归能逼得宋人投降。而汉人降将刘整却不以为然,深知襄阳兵精粮足,虽然从蒙古人的包围中突围困难,但在城中固守,撑上十余年,应无难处。再加上东南水路还有援助供给,围城逼降实非易事。

史天泽接伯颜指令,此时刚刚从荆湖而来,听闻阿术命人在建回回大炮,便提议在汉水中筑高台,一来能阻断宋军水路攻势,二来也可以让攻城大炮距离襄阳城更近,在汉水中央发挥优势。

史天泽接话道:“不错,我们可在大洪山脉取万斤巨石,沉入汉水中,其上铸起十丈高台,先将弩机、炮台安置其上,再在江心台之间挂起巨索,任他宋人战船再强,也硬不过巨石和铁索吧。”

刘整与张弘范闻言,点头称是,而阿里海牙却不尽明白,道:“可是汉水中已有宋人战船千余艘,船上军备精良,多有弩炮,我们如何能在宋军面前运得万斤巨石安然入水,又筑起江心台呢?”

史天泽不答,看着阿术。阿术在地图上琢磨了良久,才抬起头来,道:“要断襄阳东南,必须得先控制住了水路。只是这筑台的法子，如阿里海牙所言，确实困难，我还没有想好。不知各位都有何高见？”

史天泽道：“我想到一个法子，当年大汗征讨大理时曾经用过。”

阿里海牙似醍醐灌顶，惊道：“说的可是革囊跨江？”

史天泽微笑点头，阿术也露出恍然大悟的神色，只有刘整、张弘范未听过忽必烈征讨大理之事，忙问何为革囊跨江。阿里海牙赶忙解释道：“当年大汗在大理时，澜沧江水流湍急，我们习惯了旱地作战，总是渡不过去。又因大理兵隔江设了浮桥，将两座小城连为一体，互相支援。我们久攻不下之时，大汗便想出了当年成吉思汗用的办法，用革囊结成羊皮筏子。再派几位勇士，身背装满火油的革囊，趁夜黑从水中潜到浮桥附近，将革囊扎破，把油倾倒在木头浮桥上，用火烧了浮桥。两城的联系断了，自然守不住了。”

史天泽附和道：“不错，但襄阳城广兵多，不比大理番邦小国。若要烧了他们的战船，恐怕几位勇士不够，得要几百勇士。”

阿术道：“这没问题，丞相尽管放心。钦察人中多的是勇猛死士，水性、力气、胆量都无可挑剔。”

史天泽道：“那便好，我看今日正是东南风，择日不如撞日，今夜就行动吧。”

是夜，汉水边人头攒动，黑压压一片。阿术、史天泽、刘整站在江边，江上都是小舟，小舟上坐满了死士，光着臂膀，各背着三四个革囊，还有人合抱着大的革囊，里面装满了油。只有阿术和刘整手中举着火把，阿术面色凝重，与小舟上的死士一一对望，将火把交给小舟上的领头人。忽然一声低沉的军号声传来，阿术点了点头，小舟开始静悄悄地向前划去，刚划出一里多，一群死士就各自跳下水去，发出一阵哗哗的水声。

不到一个时辰，这些死士就已经偷偷越过了宋军的水上界线，绕到了战船下面。阿术站在原地静静看着，不敢出声，心中紧张不已。突然一阵火光冒起，随后是一阵喧哗与浓烟，汉水岸边传来蒙古军阵阵低声欢呼。阿术以为是偷袭成功了，长舒了一口气，却听到身旁史天泽说道："将军莫急着高兴，且看一会儿。"

阿术定睛望去，只见那火势不再蔓延，只在那十余艘战船上烧着。再看宋军其他战船，竟然与那十余艘战船隔开，仿佛是预先知道蒙古军行动一般。阿术暗叫糟糕，必定是不小心触碰了宋人在水下设的暗铃，心里不禁怪罪自己不够小心。史天泽和刘整也变了脸色。忽然听到宋军之中爆发出一阵狂笑，霎时间，一张铺天大网从水中被八艘巨船拉出，网中尽是那些死士，恐怕漏网的没几个。剩下的几个奋力将革囊里的油洒出，又点燃数艘战船，却也被宋军弓箭手射死。那火势甚猛，顺着东南风扑过来，宋军战船也有所损失。此时襄阳城门突然洞开，城内守兵提着木桶，纷纷前来救火。

阿术再也按捺不住，命人将火把点起，清点人数，整理队形，就要往襄阳城边攻去。张弘范也接史天泽指令，开始动用水军接应，上山运送巨石。阿术飞快攻到城下，吕文焕也命人将炮石轰下。蒙古人本来意在奇袭，但气势不足，被飞石打得难以靠近。张弘范那一边，不要说运送石头，就连兵士下山都困难，只得用战船强行冲击宋军水军先锋。阿术见陆上不利，只能急忙掉头，再向史天泽、刘整求援。正退却间，却发现一白袍人在火光中掠出，身法之快无与伦比，手持长剑，几下便刺死了仅存的几个蒙古士兵。阿术认出他来，不觉哑然失声。

那白袍白甲不是别人，正是襄阳守将吕文焕。只见他转身招呼士兵上了先锋大船，自己则隐身于一小船上。每艘大船上搭载两架弩炮，在前开路，吕文焕则在一旁，指挥若定，找准机会带人冲上蒙古人的军船，势如破竹。一时间蒙古先头小船已经损毁过半，张弘范大惊，立马让弓箭手火力全开，万千箭雨向宋军船头飞去。吕文焕也不害怕，命宋军死命抗击，自己也杀得一身白衣尽染血色。蒙古军疲后，吕文焕又亲上大船帅台，指挥宋军战船分成两列，逆流而上，直冲蒙古军船队腹部。只听得鼓声四起，宋军反客为主，声势倍增。张弘范临时上阵，准备不足，已然抵挡不住，急急向上游败退。不过一盏茶工夫，蒙古水军已经折损了大半。

阿术在岸边看着，惊诧无比，没想到几年不见，吕文焕竟在兵法上有如此造诣。心中一半高兴，想着昔日敌手今日重逢并不输自己多少；一半失落，为的是襄阳战事。本来襄阳就易守难攻，再遇上如此守将，想必胜算又少了几分。但此时，自己带着残兵败将守在岸边，也无办法阻挡吕文焕的攻势。

江面上火光渐弱，很快襄阳城外又归于寂静。张弘范那一边的残兵慢慢回营，巨石仍在江边山上立着。阿术看着江水滔滔，缓缓道："谁能给我把石台筑起来，大汗重重有赏！"

身边无一人应答，过了半晌，刘整才缓缓开口道："阿里海牙将军不是说，这次攻襄阳是请了两个聪明人来助阵吗?”

阿术早先被战事冲乱了脑袋，这才想起这件事来，喜道:“不错，那两个人懂得算术，也懂得天文水利，必然可以在这江水里造出点什么来。快，叫亦思马因和阿老瓦丁来!”

吕文焕看着蒙古军退去，也不再追，招呼身边亲兵鸣金收兵。此刻吕文焕血染衣襟，返回城头，正欲吩咐城中备战之事，却见一人迎上来笑道:“多亏吕将军神机妙算，料到蒙古人要在夜里偷袭，在汉水里布下绳索响铃，让他们吃不了兜着走，哈哈哈!”

吕文焕定睛一看，竟然是范文虎。今夜大战之前，吕文焕就听闻范文虎在灌子滩被蒙古军大败，竟乘一叶小舟遁走，没想到此刻已经逃入了襄阳城里。吕文焕一向不愿与此人为伍，冷哼一声，并不理睬，叫了护卫径自走了。范文虎见热脸贴了个冷屁股，也悻悻而归。

吕文焕归至帅府，叫了亲兵到跟前，问道:“我派去请援兵的信可有回音?”

那亲兵道:“李庭芝将军最近才上任京湖置制大使，正欲率兵前来，但中途被人阻了……”

吕文焕大奇，问道:“谁敢阻李将军?”话一出口，却已猜到了三分。只见那亲兵支支吾吾不敢回答，他更加确定了是谁。他想到贾似道几年前的风光，更是心酸，神色黯淡不已，勉强问亲兵:“那还有谁来援助?”

亲兵道:“范文虎将军已在贾丞相面前立下誓，说领万人来援，一战可平。”

吕文焕听到此，拍案大怒道：“又是范文虎，真想把他踹到襄阳城外去。”

亲兵听了也觉得可气，但又道：“将军莫急，还有两人比这范文虎更可靠。李庭芝将军虽难以脱身，但派了手下两人来援，一名张顺，一名张贵。”

吕文焕不知这两人是谁，只以为李庭芝随便找了两人来糊弄自己，不满道：“他们这两人是谁？我怎么从没听过他们？”

这亲兵忙道：“将军您没有统过地方民兵，所以不知。我从民兵中来，这二张的名声在淄州可是响得很。当地人唤他二人作‘竹园张’‘矮张’，足见爱戴。”

吕文焕这才高兴起来，道：“如此甚好！若是这两人来了襄阳，尽快告诉我，我得亲自去迎才行。”他心中念道，襄阳之围，就要靠这两人来解了。

八、血海襄阳

1. 援兵

蒙古军自上次大败之后，休息整顿良久，不敢轻易进犯。几次出击，也只是到周围寻探，没有阿术命令，不得与宋军正面交锋。襄阳城里的宋军也不敢出击解围，吕文焕深知蒙古军众多，比襄阳守军多上一倍不止。史天泽利用这一优势，又在襄阳城外百丈山、岘山、虎头山等地筑了诸多堡垒，算是彻底切断了襄阳城求援的可能，除了汉水水路，襄、樊几乎成了两座孤城，形影相吊。吕文焕苦等张顺和张贵来援，却没想到路途坎坷，二张欲入襄阳，有诸多不易。

阿术深知襄阳城坚池深，所以长期围困襄阳，俟其自毙。但其伐宋之心太过强烈，总想强攻襄阳而取之。刘整看出他的心思，建议阿术操练水军，适应水战，以图在汉水上战胜宋军水军，切断襄阳水路。阿术采纳了刘整的意见，训练水军七万人，其中不乏长于攻水寨、水栅的汉人士兵；又在万山堡建筑船厂，欲造战船五千艘，用于攻宋。

另一边,阿术命亦思马因和阿老瓦丁建筑江心台。亦思马因在阿术面前许下军令状,说三个月就可建成江心台,让阿老瓦丁惊愕不已。但阿老瓦丁深知这年轻人身负盖世奇才,便一心与他共事,不想其他。

这一日阿老瓦丁按照回回水力学方法,制成波动仪,与亦思马因一同到汉水岸边进行勘测丈量。两人寻寻觅觅,从清晨一直到太阳落山,终于找到了一处水深略浅,水流不那么湍急,正适合搭筑高台之处。回到大营之后,两人各自沉思,绘制出各式蓝图与建筑细节,再一同商量修改。这两人一人是回回智者,一人是不世出的奇才,双才合璧,所有困难无不轻松攻克。仅仅七日之后,两人便将高台基础图纸绘制完成。阿老瓦丁把情况告诉阿术,阿术大喜不已,立马召集各路工匠按照两人所制的图纸制作机械零件。亦思马因不急不忙,仍旧拉着阿老瓦丁日日夜夜研究沙盘和算术。

一个月的时间匆匆过去,两军表面和平,再无战事,却都在做着准备。沉石筑台之余,亦思马因与阿老瓦丁依据阿术指示,指挥几千手工匠人,在万山堡水面上建了十几艘巨大战船,上有巨型机械弩炮与投石机,以备日后水军所用。

襄阳城楼之上,吕文焕眼见着汉水中央蒙古军忙忙碌碌,却不知在做何事,只觉得有哪里不妙。吕文焕想从水路出击,但想到张世杰的援军马上要到,便派人日日观察城外蒙古军动静。

一日,吕文焕正在帅府看着地图,忽听道门外士兵一阵哄闹之声,便走到外面,问道:“发生何事?”

一位士兵转过头来，恭恭敬敬道："回禀将军，城门外有援军到了，听闻是张顺、张贵两位将军！"

吕文焕不禁大喜过望，赶忙带人出了内城，赶到城门口街上，只见两位甲胄铠亮的将军带着万把人迎面而来，一人面色黝黑、身材矮小，另一位则面皮白净、身材高挑。吕文焕走上前去一把挽住一位，道："千盼万盼，两位将军总算来了！请问哪一位是'矮张'张顺将军？哪一位又是'竹园张'张贵将军？"

其中一人不禁哈哈一笑，笑声甚是豪爽，另一人道："吕都守客气了，那都是江湖人给的虚名，在您这里，我们就是张顺、张贵。兄弟我便是张顺了。"

张贵也止住笑声，拱手拜道："李统制和吕统制知道襄阳军情紧急，派末将火速前来救援。只是中途碰到不少蒙古军阻拦，耽误了不少时间，让吕都守受累了。"

吕文焕听到哥哥的名字，心中颇有怪罪之意。若不是当年他受了忽必烈蛊惑，允许蒙古人在襄阳城外筑榷场，想必战局也不会如今日这般。吕文焕一怔，皱眉道："我那哥哥总算还是做了件正经事。唉！早前程大元、夏贵、范文虎精甲十万，战船数千，屡次进援，也无尺寸之功。丧师辱国，莫过于此！"他叹了口气，又问道，"临安那边，情况如何？"

张顺哀叹一声，道："有诗为证：吕将军在守襄阳，十载襄阳铁脊梁。望断援兵无信息，声声骂杀贾平章。"待他说完，城内宋军守兵俱是神色悲愤，一片唉声叹气。吕文焕听到贾似道在诗中被骂，一时间也是心绪复杂，不知该说什么。

张贵生性洒脱，看到众人情绪低落，高声道：“大哥说这些个穷酸儒人的牢骚话做什么？我们既然到了此地，襄阳之围就由我们来解。我看‘铁脊梁’吕将军该为我们二人暖上几杯酒了！”襄阳城里众人见他说话可笑，还把自己比作三国时期关云长温酒斩华雄，不禁哄笑。吕文焕也笑道：“小张将军说的是，临安之事，不问也知晓七八分。倒是二位将军，以几千人之力成数十万人之功，到这襄、樊孤城中来解救一方百姓，可敬可佩，吕某替襄、樊父老百姓谢过二位将军了。”

说着吕文焕便要跪下，张顺见状赶忙扶上前去，道：“吕都守千万不可。我们二人不过尽了些绵薄之力，吕都守在此守城三年，前几月又大败蒙古水军，才是令人敬佩不已。”吕文焕不再客套，但见张顺张贵带来的部下均疲惫不堪，于是传令摆下酒席，对众兵士好生款待。席间，吕文焕问及张顺、张贵何以民兵起义，三人顿生好感，又谈到朝廷贪官如何奸佞、大宋江山如何凋零残落，不免神伤。吕文焕想起贾似道与吕文德，愁眉不展，只与二张饮下无数杯。张顺、张贵还为襄、樊百姓带来不少衣物和粮食，城中欢声一片，军民上下都对这两人感激不已，已是将这两人当作襄阳的大恩人、大救星。

2. 水战

这一日，阿里海牙正与亦思马因、阿老瓦丁谈论着回回大炮与江心台之事。亦思马因立下的三月之期快要临近，江心台已差不多要建成。阿老瓦丁欣喜之余，暗自说自己没有看错人。阿老瓦丁也已绘制完成回回炮的图纸，大炮正在营中加紧修造，那石头炮身高足足八丈，据阿老瓦丁所述，那炮可承受万斤巨石，用机括齿轮之力发出，再坚固的城墙也抵挡不住。阿术、阿里海牙、史天泽等人见了，无不惊叹鬼斧神工。

三人正说得高兴，忽听到战鼓声响。阿老瓦丁放下酒盏，问道："又有战事了吗？"

阿里海牙听得明白，急忙起身穿戴铠甲，边走边道："快命水军出击，看样子宋人来攻了。"

三人一路骑马到大营前，帅台之上，阿术、刘整已经穿戴整齐，指挥水陆两军。只见汉水之上，宋军水军约有千艘战船，却全不似当初那般巨船，多的是轻舟小艇。乍一眼看去，并不威风八面，照理说一击便溃。但阿术忌惮吕文焕用兵，不敢轻易松懈，令刘整好生整备巨型战船。果不其然，那千艘轻舟行到一路，便列出奇怪水阵，时而为方，时而变圆。刘整远远瞧见，道："这水师阵型，变化多端，我只知道一人有这本领，难道是他来了？"

阿术奇道："刘将军说的是谁？"

刘整道："我在宋廷时，见过一人，水上兵法出神入化，宋人里无人能及。莫说吕文德、王坚，恐怕当年岳飞也要输他一筹……这个人，张弘范将军倒是熟悉得很。"

阿术早先听闻人言，张弘范之父张柔降了蒙古之前，在狼牙岭谈论兵法，最后输给了一个后生。这后生便是张弘范的堂兄张世杰。自此之后，张弘范苦学兵法，为了就是为自己一族争回点颜面。阿术哈哈笑道："张世杰吗？来得正好，传我令去，让张弘范统领水军!”

亲兵传下令去,不一会儿,张弘范便身披重铠,登上先锋巨舰,执掌令旗。待到蒙古军巨型战船全部下江,宋军小船队已要逼到江心台面前。只见宋军船队上几十名壮汉手持阔刀大斧,在小船队彼此掩护下,冒着流矢,钻到江心台铁索下,猛力砍去。不过眨眼工夫,亦思马因辛苦修筑的江下铁索尽数被砍断。原来这些小船吃水很浅,铁索潜得较深,根本触碰不到。张世杰派人来先断了铁索,欲图再让大船出击。果不其然,襄、樊水师的大舰这才慢慢出现,顺流而下,与小船队会和。那为首一员将领,手执长剑,铜盔上红缨随风而动。刘整见了,对阿术道:“那便是张世杰了。”

张弘范的巨舰一时间快不起来,只得命人登上江心台,以弩炮轰击宋军。没想到宋人小船仗着轻快,与蒙古士兵拼命争夺江心台。一时间江心台上刀光剑影,宋军猛士一边对付蒙古士兵,一边趁乱捣毁江心台上的弩炮机括。等到宋军水师大船近了,三座江心台已被宋军废掉了两座。

阿术见情势危急,命令阿里海牙从陆上用火炮轰击宋军战船,但收效甚微。那些小船中了炮石,将士们随即弃船,纷纷上了蒙古军战船,近身肉搏。张世杰的大船到了附近,已换上弩炮轰击,用的多是点火的灌装火药,一时间汉水上爆炸声震天,蒙古军前排战舰几乎化为粉末。两方几万水军在汉江上厮杀开来,张世杰和张弘范都不肯退让,一时间难解难分。

眼见蒙古军水师就要败下阵来,忽然听到远处一侧的江心台发出一声巨响,一艘宋军战船随即被击穿,渐渐向下沉去,船上水兵一阵阵呼喊。众人转眼望去，只见张弘范毫不示弱，带人抢上江心台，修好被破坏的机括，用巨炮发出炮石。张世杰还未反应过来，张弘范又命人发出一炮，弹无虚发，宋军战船阵中又少一船。阿术见状，高声叫好，急忙令人再去江心台支援张弘范。

张世杰调转水军船头，去抢第三座江心台，不想张弘范细细调整，第三发炮弹正朝着张世杰所在的船打来。张世杰躲避不及，炮石击中船头，船上众人纷纷落水，张世杰也不见踪影。江面上一时哀号声不断。阿术在岸边细细观察水上情况，只看见张世杰又钻出水面，宋军数只小船拼死抢到前面，将他救起。眼见张世杰死里逃生，未受重伤，又回到主舰船头，张弘范也被逼得退下江心台，重回船上，阿术直叫可惜。

双方军队，卷土重来，再战一番。一场恶战，甚是激烈，从一早直到中午太阳高照，汉水上已尽是鲜血。张世杰、张弘范两位水师大将，各显神通，反复攻防，互有胜败。但蒙古军被张世杰断了铁索，毁了江心台，三个月的心血付诸东流，算起来蒙古军还是吃了大亏。

不多时，突然有人来报阿术，说吕文焕带兵去偷袭鹿门，阿术远远望去，西北方向果然有一大队宋军人马，向鹿门白河方向飞奔而去。他暗叫糟糕，自己只顾指挥水师作战，却忘了陆上防备。连忙叫来阿里海牙、李庭，让两人去白河增援，不能让吕文焕突围成功。

原来吕文焕听了张世杰的建议，决定与他里应外合，在张世杰水路进攻时，自己便去偷袭突围。两人与张顺、张贵研究战局图三日，决定从鹿门白河下手，那里离蒙古大营较远，防守也较为薄弱，应该最易成功。于是吕文焕孤身前往鹿门奇袭，而张顺、张贵两人则趁汉水战事大乱之际，从东北绕路，奇袭万山堡造船厂，以图彻底捣毁蒙古人的水军。又命范文虎在虎尾洲接应二张，有备无患。范文虎虽然身负皇恩，但自以为是，消极待战，不过身在襄阳城中，只得听了吕文焕的指示，领命去了。

吕文焕率一万精锐骑兵一路狂奔，每人负箭十袋，赶到鹿门，刚要站定，就发现背后追兵已经赶来。鹿门蒙古守军稀少，列好阵后只有两千余人，不敢上前迎击。吕文焕当即吹响号角，在鹿门守军阵中反复冲杀，未等阿里海牙援军赶到，便离开蒙古营帐，全速开往白河边去。阿里海牙不知吕文焕打的什么主意，只得整顿了鹿门守军，再行追赶。

吕文焕见阿里海牙追来，散兵在两侧山谷中，等到阿里海牙近了，立马吹响号角，骑兵从两侧倾泻而来，阿里海牙的部队阵势顿散。阿里海牙急忙向鹿门方向又退回去，却见吕文焕不知从哪里奔了出来，似从天而降，领着一队人马冲向自己。吕文焕那身白甲白袍甚为扎眼，蒙古军中有认出他是当日海战之时的大将，大声喊道："是他！又是他！"一时间蒙古军人心惶惶，不战而溃。阿里海牙无奈，只能挺身与吕文焕力战在一处。两人武艺高超，连斗了二十回合都不分上下。阿里海牙心中焦急，想要脱身而出，不想招式中露出了一个破绽，被吕文焕一击得手，伤了左臂。阿里海牙吃痛低呼一声，吕文焕又一枪扎了过来。这一枪来势凶猛，阿里海牙无力阻挡，只得右手提起兵器，一个翻身下了马，猛一拍马屁股，让那战马向外奔去，自己则钻入乱军之中。吕文焕找不到阿里海牙，回头指挥战局，蒙古军节节败退。直退到鹿门时，阿里海牙手下援军已经折了一半。

吕文焕正要杀进鹿门突围，忽听得传令兵急急呼喊。转眼一瞧，一个传令兵已经到了身前，浑身是血，竟是张顺、张贵带来襄阳的援兵。吕文焕心想不好，忙问何事，那传令兵道："大事不好了，我们在万山堡，被李庭诱我深入，再行伏击。看那阵势，像是已经知道了我们要偷袭，张将军猜测，定是有人走漏了风声。"

吕文焕赶忙问道："那战事如何？二位将军可还好？"

传令兵一听，号哭起来，道："张顺将军力战而死，尸体沉入江中找寻不到了。那李庭、张弘范将江面堵死，张贵将军已经快要力竭了。"

吕文焕这几日与张顺、张贵颇为交心，也欣赏二人智略胆识，此时一听张顺已死，心头一阵难过，强忍着问道："那范文虎呢？怎么不来接应？"

传令兵狠狠道："范文虎从虎尾洲跑了，张贵将军边战边退，等到了虎尾洲时，发现那里尽是蒙古军，自己已被围了。吕将军，请您快去援助张将军吧！"

吕文焕不禁在心里大骂范文虎不是东西，看了一眼鹿门方向的蒙古残兵，只能恨恨收了兵，火速向万山堡赶去。待一众兵马赶到时，只见万山堡战事已平，只有一阵火光和浓烟还未散去，船厂外都是些蒙古军船只。吕文焕寻到几个装死未被抓走的宋军，问道："张贵将军呢？"

一个士兵哭道:“将军被抓走了。”

3. 开山炮

阿术坐在主帐内,一手抚着襄阳战局地图,这地图与三年前自己刚到此地时,已经大不一样了。刚刚这一场水战,自己杀了宋军两员援将,大挫吕文焕的突围,张弘范虽然倾尽水军全力也只与张世杰战了个平手,但好歹也退去了宋军锋锐,算起来可说是大胜了。想这三年如白驹过隙,自己日日操练士兵,算起来总有十来万兵力了。这些士兵里有的长了胡子,有的白了头发,还有更多的早已战死在襄阳城下、汉水涛中,成了白骨,化为粉末,寻也寻不到了。史天泽的身体也一天不如一天,已经不再上前线督战。那襄阳守将吕文焕,与自己也不过打了七八次照面。想起这些,阿术不禁长叹一口气,又觉自己怎得消磨了志气,想到父亲兀良合台给自己的灭宋之志,慢慢回过神来。

正想着,阿里海牙掀起帐篷门帘,走了进来,道:“事情已经办妥了,探子刚刚回报。”

阿术点了点头,走到阿里海牙身边,递了一杯马奶酒给这数十年的老友。阿里海牙一饮而尽,啧啧道:“真是好久没喝这东西了。”

阿术问道:“那几个抬运尸体的降兵呢?”

阿里海牙沉声道:“都让那吕文焕给斩了。这姓吕的真是个假义气,暴脾气,连自己人也杀。”

阿术反笑道:“若是我被杀了,吕文焕派了几个蒙古人送我的尸体回来，我看你何止斩了他们，还要吊出去鞭尸三日才能解恨。”

阿里海牙也哈哈大笑，道：“可不要说这些晦气话，待襄阳城破，你我二人还要回到大草原上去喝新鲜的马奶酒，再去摔跤，看看谁会赢。”笑了一会儿又说道，“那吕文焕还说了，要来报那张顺、张贵的仇。”

阿术讥笑道：“报仇？让他来便是，看看他能不能报得了？前些日我听阿老瓦丁说，回回炮已经造好，我看不等使用大炮，襄阳城就要被我们先破了去。”这几年亲坐帅台让阿术成熟稳重了不少，再不像当年那样莽撞，一心只想在战场上胜了吕文焕，了却当年夙愿。

阿里海牙道：“回回炮已经造好了？那我们何不这就去攻襄阳？”

阿术笑道：“你怎么比我还性急。再有三日，待我将大军整备完毕，就去试试那回回炮有何威力。”

三日后，阿术命人将三门回回炮运过汉水，架在樊城之下，离城楼八百步远。阿术等人见了这精巧攻城器械，无不称赞。阿老瓦丁命人搬来几百斤的巨石，架在炮头网兜里，待阿术一声令下，抓住手柄的壮士一齐松手，炮身发出震天响动，几枚巨石飞上空中，直向襄阳城楼落去，谯楼瞬间粉碎，数十名城头守兵被碾作肉饼。襄阳城内惨叫声骤起。

阿术见这回回炮威力果然惊人，大喜过望，命阿老瓦丁继续操作。三门回回炮继续发射巨石，全向襄阳城里飞去。襄阳城墙内外，几乎无地可以安全立足。但吕文焕反应极快，未等第四轮发射，已带着一队轻骑兵冲出城来。蒙古军早有防备，阿里海牙与刘整从两侧分别率兵截击。宋军匆匆出击，未带重甲重兵，很快被杀得七零八落，吕文焕只得退回城中。阿术见状，悍然将回回炮又前移了百步，重新架装完整，再行攻击。不一会儿，吕文焕再自城中杀出，速度之快更甚之前，阿里海牙不及阻挡，已经冲出五百步，但仍不够触及回回炮。双方一阵血战，宋军不敌，只得又退回襄阳城。

阿术大喜，不顾阿老瓦丁阻拦，又将大炮前移了五十步。又一炮打出，石块已经落入襄阳城内很深处。阿老瓦丁正欲再上巨石，却见襄阳城楼上架出两架巨型弩炮。阿术见了，不禁大吃一惊，喝道："开山炮！"再见史天泽，也是一脸愁容，似是忆起极为痛苦之事。这弩炮正是当年合州城上贾似道造出的开山炮，蒙哥也是因这炮而死。其他人虽然没亲眼见过这开山炮，但都没想到吕文焕竟祭出如此利器。正发怔间，阿术忙喝道："快，朝城楼发炮！"但那两门开山巨炮已经发出轰轰巨响，只见百斤巨矢直冲回回炮而来，两门回回炮应声倒下，变得粉碎。阿术知道造炮不易，连忙让人卸了大炮，鸣金收兵。吕文焕在城头接着命弩炮四面发射，蒙古军一时阵脚大乱，狂奔逃命。吕文焕见得了一点气势，又带了一队骑兵，第三次冲出城来，蒙古军不及抵挡，血流遍野，一败涂地。吕文焕一直逼出五百多步，剩余那一门回回炮也不能保全，被宋军一举烧毁。

蒙古军惨败而归，阿术火速找来各个将领，又找来了亦思马因和阿老瓦丁，商量对策。阿术问道："回回炮可还能打得更远？"

阿老瓦丁愁眉不展，道："回回炮图纸，我便画了三十余稿，只有这一稿成功造出，机械零件都已用到了极致，以我的本事，再没办法了。"

亦思马因在一旁欲语还休，阿术见状，问道："亦思马因可有什么办法吗？"

亦思马因冷冷道："办法是有一个，可未免太狠毒了些。"

阿术问道："你且说说看。"亦思马因说后，阿术、阿里海牙等人面面相觑，阿里海牙道："这可不是什么磊落法子，太过阴毒，哪是我大草原汉子的做法？依我看，还是整备军队，再由我攻去樊城。那城防破了大半，再攻不难。"

阿术沉吟半晌，缓缓道："不可强攻，亦思马因，就按你的办法去办。"

4. 最后的战役

吕文焕提了一壶热酒，独自走到襄阳城内一条小河边。河边立着两座矮坟，便是刚刚殉国的张顺、张贵的安歇处。阿术命人将二人尸骨运回襄阳城后，吕文焕便将二人合葬一处，带着二张的旧部残兵守了一夜。吕文焕拜了三拜，取出酒杯，倒了三杯热酒，把两杯撒在二张墓前，另一杯自己一气饮尽了。刚想说点什么，又觉说不出口，只是长长叹了一口气，又将壶中热酒倒上一杯，撒在小河中，然后将壶里剩的酒慢慢喝光。吕文焕从怀里掏出一块木牌，上面用剑刻了"兄长吕文德之位"，摩挲一阵，立在二张的墓边，道："大哥你先走一步，弟弟我恐怕也不能活着出这襄阳城了，我们只能地下再见了。”

襄阳城被围困之后，吕文德与李庭芝几度派兵救援，却终究不得办法。吕文德在临安日夜愧疚，觉得自己对不起胞弟。咸淳五年(1269)冬，在苦苦等待吕文焕功成的消息时，吕文德终于不堪病重而死。然而襄阳已成孤城，与外界封闭隔绝，消息传到吕文焕耳里时，竟然已快过了一年时间。

吕文焕心里苦楚，不知与谁人说，又想到近日来城里谣言四起，更是难过。襄阳城中有说书人将此编成故事，道：贾似道问刘宗申，若是用高达替下吕文焕，襄阳是否战事可图。刘宗申回道，让吕文焕再守襄阳，赵氏朝廷必要蒙难。吕文焕听了这故事，不辨真假，但回想到多年前合州与鄂州的光景，也不免悲从中来。吕文焕总是在想，若是当年的贾宣抚与吕统制还在，襄阳之围是否可免。

正祭拜着亡兄，吕文焕突然听到一声巨响，急忙整顿衣冠，赶到襄阳城中，只见一处房屋火光冲天，士兵和百姓都在提水桶救火。再听一声惊叫，抬头只见一只烧着的火球从天而降，正坠在粮仓附近，发出巨大声响。

原来蒙古军见回回炮射程不够，便按照亦思马因的法子，把阿老瓦丁所绘的图纸改了一改，将回回炮的零件吊上三丈土垒，再行组装，以至于这两门重制的回回炮比襄阳城楼还要高出一截，自上而下，射程更远。除此之外，亦思马因还命人把圆木内心掏空，再装入火药火石，夯实稳妥，代替巨石，点燃以后再投入襄阳城中。这一大火器直落入襄阳内城中，穿破墙壁，烧毁房屋，一亩地之内所有物事尽化作尘埃。吕文焕暗叫蒙古人歹毒，却也没有办法，只能急忙召集士兵百姓，拎水救火。但蒙古军不断发炮，火势越来越大，根本救不过来。不仅如此，那火石还炸伤不少宋军，一时间，襄阳城里已经一片火海，连城楼上的几架开山炮都被烧毁。吕文焕怕兵力再减，令张世杰率兵火速出击，自己则登上帅台安全处观望。阿术、阿里海牙实力雄厚，宋军又经历了火海一劫，根本无法撼动对手阵势。回回炮架于千步之外的高台之上，张世杰全无办法靠近，更不要说阻止蒙古军继续发炮。双方血战十数个来回，宋军早已疲惫不堪。吕文焕见了，连连叫苦，只得下令让张世杰回城，加派人手不停救火。

蒙古军如此反复轰击整整三日，襄阳城内粮仓、军器库几乎荡然无存，整个襄阳被火海烧尽。百姓失去亲人，无家可归，也无衣无粮。城内守军境地也好不了多少，多有被火石炸死、被烈火烧死的，活下来的也尽是满面焦黑。襄阳城外无援兵，已入绝境。

到了第三日夜间，阿术下令收整回营，次日再攻，襄阳城终于得以喘息。待到熊熊火光渐渐熄灭，襄阳城中，号哭之声，震天动地，已可传到蒙古军阵之中。亦思马因听到动静，登上土台观望，却见襄阳城中，尸骨遍地，天地间一片荒芜，毫无生气。他一心钻研如何建造攻城利器，不想其他，本以为吓唬一下，宋人就会乖乖投降，没想到吕文焕宁死不屈，到今日，襄阳城里竟是如此惨状。想到这些几乎都拜自己一手所赐，他内心悔恨交织，呆呆立于高台良久，终于一转身进入大营，去找阿术，劝他派人去招降吕文焕。

大帐中除了阿术，阿里海牙、刘整、史天泽都在。听了亦思马因之语，阿术沉吟不语，只看着阿里海牙等人。见他人都不说话，刘整抢先道："将军，那吕文焕坏我们速攻大计，着实可恨。招降他又有何用，不如屠尽全城，杀之而后快！"刘整一直与吕文德有怨，对他的弟弟也连带恨了起来，只想杀了他才甘心。阿术听后，仍旧不言语。

史天泽身体抱恙，已有多日不上战场，此时听到刘整发话，不悦道："昔日宋人中有一大将，名唤曹彬，统十万兵灭南唐，却从不滥杀。我以为宋人中，多的是有气节之人，原来也有像刘将军这等嗜杀之人。"

刘整听了，怒从中来，但忌惮史天泽身居高位，不敢冒犯，只得咬牙说了声："丞相教育得是。"

阿里海牙听了，也道："丞相说得不错，大汗也曾说过，伯颜丞相就是他的曹彬，最体恤大汗心思。要是兀良合台将军在此，肯定也不会放任屠城。我看不如就让我去招降那吕文焕吧。"

阿术听阿里海牙搬出忽必烈汗和自己父亲，呵呵一笑，道："那好，就让阿里海牙去。"

阿里海牙领命出门，不到半个时辰，已经乘马走到了襄阳辕门之外。只见一队弓箭手拉满弓弦，朝向自己，吕文焕立于城头，仍旧是白甲白袍，威风不减。阿里海牙见了，也暗自赞叹。不等他出声，只听吕文焕道："阿里海牙，可是来劝降吕某的？"这一声中气十足，全不似经历大难之人。

阿里海牙恭恭敬敬道："吕大人，如今襄、樊二城已是孤城独危，大人何苦再支撑下去呢？"

吕文焕道:“吕某蒙大宋国恩,死守襄阳,理应马革裹尸,断然没有投降之理。阿里海牙,你好心前来,我不杀你,你且回罢!”

阿里海牙已下定决心,当然不会就此回头,又喊道:“吕大人马革裹尸,当是名垂千古,后人提起也是一段佳话。但你何不想想,这满城百姓,顾得了佳话不佳话吗?千秋万载之后,世人只记得你吕文焕将军,又有谁记得这襄阳城满城尸骨?”

吕文焕本不是沽名钓誉之人,听了此话,只觉心头一怔。他远眺蒙古军营,兵马齐整,舰船满江,再看向樊城方向,一片苍白空旷。自从军以来,他与强敌苦战半生,自合州打到襄阳。他转战数千里,死守十余年,虽知蒙古军势大,难免有此一日,已抱了必死之心。但转念一想,自己若不降,则白白葬送了满城百姓性命。一世英名,怎可用万千白骨来堆起?降与不降,两般念头在他心中交战不已。倏然间,数十年往事涌上心头,想及当年合州城下,偷袭蒙古军粮草,击毙蒙哥,宴饮欢歌,何等扬眉吐气。又想到在合州时,与兄长一起说要追随贾似道一生,效忠宋廷。如今兄长吕文德已病死,贾似道已不再是当年那个意气风发的宣抚,而今时穷势迫,竟是生死两难。

他正想着,却听城下阿里海牙叫道:“吕大人,我蒙古人有一毒誓,乃是折箭为誓,不知你听过没有?”刚说完,便自身后抽出一支羽箭,举过头顶,折成两段,掷于地上,高声道:“我阿里海牙发誓,若吕大人肯降,我以命保襄阳城全城百姓不伤毫厘!”

吕文焕转头问张世杰道:“张将军,若我降了,大宋百姓可会怪罪于我?”

张世杰知他苦守多年，心中不免动摇，劝道："吕将军，他人自有他人说，改不了吕将军忠义的事实。但这招降必是蒙古人的计谋，吕将军万万不可信他。"

吕文焕在城头看着阿里海牙的断箭，沉吟良久，对张世杰道："张将军说得对，吕某不可降他，定要与襄阳城共存亡。但是襄阳城如今这般模样，急缺粮食兵器。张将军可否替我突破封锁，求一些援兵来？"

张世杰慷慨道："张某义不容辞，我即刻便去。"说罢下了城楼，与吕文焕清点了城中可战的精兵良将，从南门奔了出去。吕文焕看着他远去的身影，突然拜服在地，朝着张世杰方向磕了三个响头，虎目含泪，道："张将军，大宋安危，便交给你了。"拜完起身掸了掸身上尘土，带了一个亲兵，重上城楼，吩咐道："传我令去，毁掉城中兵器。顺便，拿笔墨来。"说罢又对城下喊了一声，"阿里海牙将军……"

还未到晌午，阿里海牙快马回到营中。阿术早早迎了出来，问道："怎么样？"

阿里海牙乐道："明日午时，开门出降！"

阿术听了，脑中竟是一片空白。想着四年苦战，终是熬过去了，却不知为何笑不出声来。阿里海牙道："亦思马因呢，让他知道，也高兴高兴。"

阿术惨然道："你刚出门，他便寻了一僻静处，自刎了。"

阿里海牙目瞪口呆，不想这人比大将还要性情刚烈。又想如此一个聪明人没了，不禁扼腕叹息。只听阿术在一旁叹道："只愿这一战后，千秋万代，永世安宁。”阿里海牙望向南方，襄、樊之南，不知又会是怎么样的一段故事。

临安贾府内，贾似道正逗弄着他的一只鹦鹉，全然不知大事发生。这鹦鹉乃是从南方暑地运来，珍贵无比。贾似道叫了一声：“丞相。”那鹦鹉也尖叫一声：“丞相。”贾似道哈哈大笑，乐此不疲。

这时，刘宗申走了进来，低声叫了一下贾似道。贾似道头也不回，不耐烦道：“干什么？”

刘宗申缓缓道：“丞相，吕文焕降了。”

贾似道猛地回过头来，满脸惊诧，以为自己听错了，问道：“你说什么？”

刘宗申自袖口里抽出一卷信，道：“吕文焕降了。这是他写回来的信。”

贾似道赶忙在一边坐下，定了定神，向刘宗申道：“念念看。”

刘宗申打开信纸，缓缓念道：“报国尽忠，自觉初心之无愧。居城难守，岂图末路之多差。兹祈转念昔日之功，庶可少伸今日之款。明公……”念到一半，贾似道思绪已不知飘到何处去，再听不见刘宗申的声音。